CONTOS
ÍNDIOS

CB021181

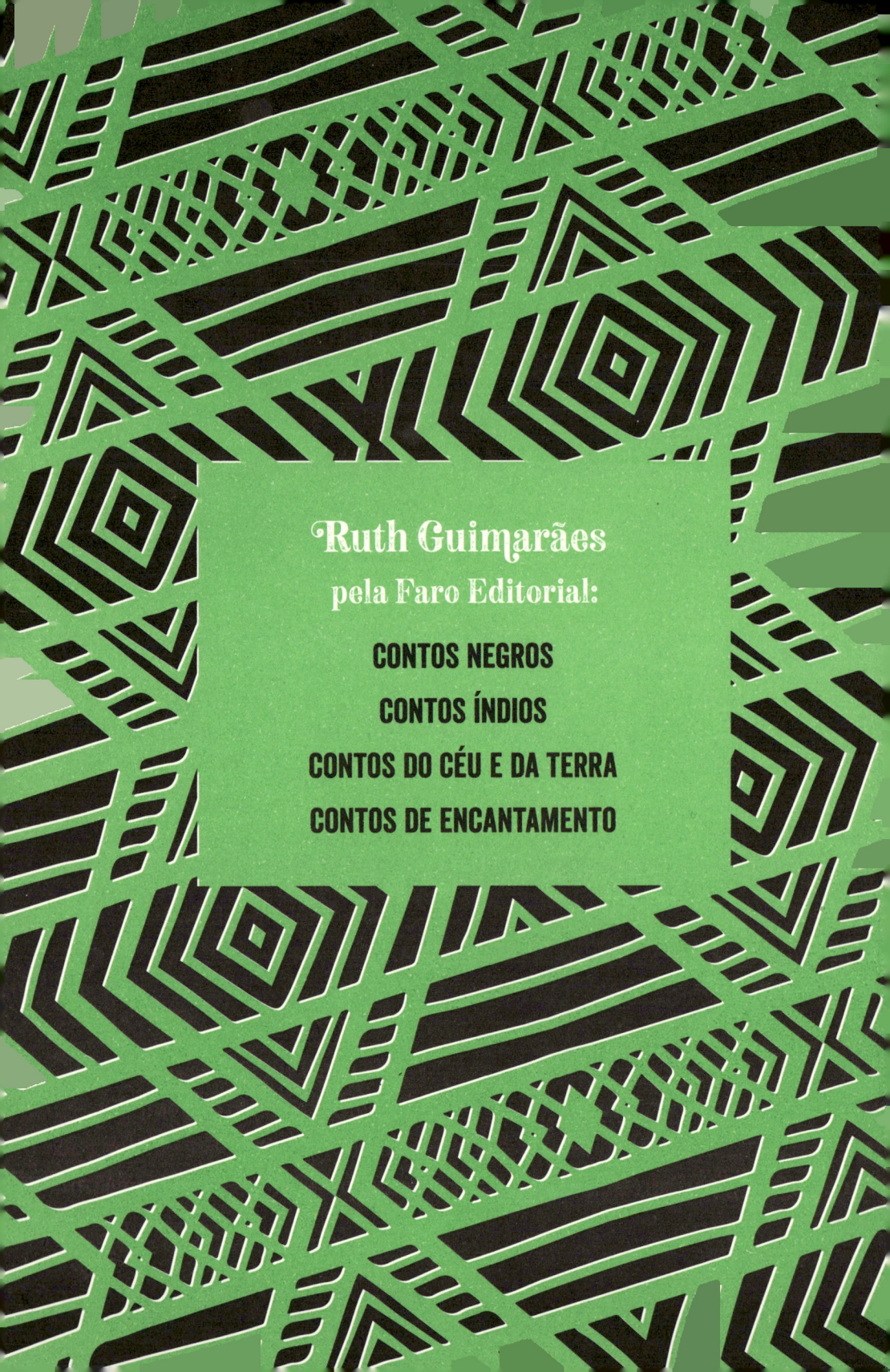

Ruth Guimarães

pela Faro Editorial:

CONTOS NEGROS

CONTOS ÍNDIOS

CONTOS DO CÉU E DA TERRA

CONTOS DE ENCANTAMENTO

Ruth Guimarães

CONTOS ÍNDIOS

FARO
Editorial

Diretor editorial **PEDRO ALMEIDA**

Coordenação editorial **CARLA SACRATO**

Edição **JOAQUIM MARIA BOTELHO**

Revisão **BÁRBARA PARENTE**

Capa e diagramação **OSMANE GARCIA FILHO**

Imagem de capa **FG TRADE | ISTOCK**

Imagens internas **JUMPINGSACK E MEOW_MEOW | SHUTTERSTOCK**

Dados Internacionais de Catalogação na Publicação (CIP)
Angélica Ilacqua CRB-8/7057

Guimarães, Ruth, 19xx
    Contos índios / Ruth Guimarães. — São Paulo :
Faro Editorial, 2020.
    176 p.

    Bibliografia
    ISBN 978-65-86041-38-5

    1. Contos brasileiros 2. Índios – Contos 3. Folclore
I. Título

20-3186   CDD B869.8

Índice para catálogo sistemático:
1. Contos brasileiros   B869.8

FARO EDITORIAL

1ª edição brasileira: 2020
Direitos de edição em língua portuguesa, para o Brasil,
adquiridos por FARO EDITORIAL

Avenida Andrômeda, 885 — Sala 310
Alphaville — Barueri — SP — Brasil
CEP: 06473-000
www.faroeditorial.com.br

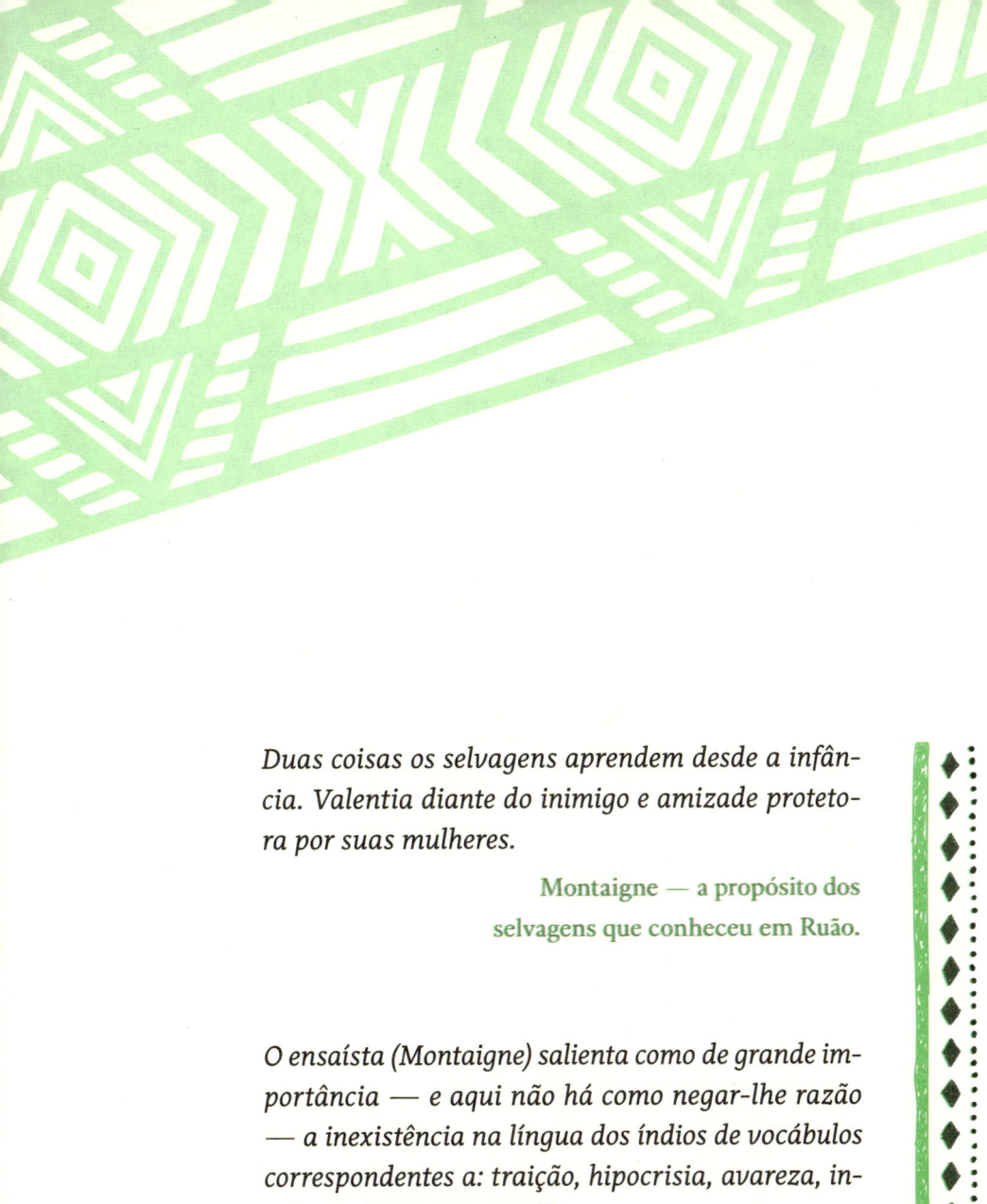

Duas coisas os selvagens aprendem desde a infância. Valentia diante do inimigo e amizade protetora por suas mulheres.

Montaigne — a propósito dos
selvagens que conheceu em Ruão.

O ensaísta (Montaigne) salienta como de grande importância — e aqui não há como negar-lhe razão — a inexistência na língua dos índios de vocábulos correspondentes a: traição, hipocrisia, avareza, inveja, maledicência, perdão.

M. Cavalcanti Proença,
in "José de Alencar na Literatura Brasileira"

Sumário

Prefácio

Daniel Munduruku

O mundo todo nasceu de diferentes versões de histórias contadas em noites ancestrais. Cada povo vai teimando em construir sua narrativa a fim de poder justificar seu modo de compreender o mundo. As histórias narradas nascem de histórias vividas ou inventadas. Com o passar do tempo já não se sabe se foram inventadas porque vividas ou se foram vividas porque inventadas. Não faz diferença. As histórias são vozes ressonantes que ecoam a partir do desejo de confessar mistérios; mistérios nascem do medo, da incompreensão dos fenômenos, da necessidade de justificar a existência.

Cada povo constrói sua versão da existência. Daí são tantas as narrativas de origem; tantas histórias de encontros e desencontros; tantas tragédias narradas; tantos mistérios nelas envoltos e tanta ciência também.

A vida não é simples. As histórias servem para torná-la mais leve, mais doce, mais fácil. Servem para nos lembrar quem somos, de onde viemos e como deve ser nosso proceder no mundo. Elas dão base para nosso estar no mundo e tirar o máximo proveito da experiência de estar vivos. Sem histórias a vida fica rude, dura, difícil, cruel. Elas trazem à tona o simbólico e humano que há em cada pessoa.

Este importante livro da saudosa Ruth Guimarães é um documento essencial para não esquecermos nossas próprias origens ancestrais. Creio, aliás, que este é um dos principais motivos pelo qual se escrevem livros: para não nos permitirmos esquecer o passado e, consequentemente, nosso pertencimento a um mundo em transformação.

As histórias indígenas devem ser lidas com o coração. A cabeça não consegue chegar onde os sentimentos chegam. A cabeça costuma fazer juízos de valor; o coração apenas sente porque se abre ao mistério de existir.

Explicação (talvez) desnecessária

Nenhuma história de fonte ameríndia, ou contaminada de elementos ameríndios, desta coletânea, foi tirada de livro. Os contos resultaram exclusivamente de pesquisa de campo, no Médio Vale do Paraíba do Sul, estado de São Paulo, tendo como centro e pião a cidade de Cachoeira Paulista. Foram feitas coletas nas cidades vizinhas, também, e é evidente que apareceram informantes de outros estados, com predominância de mineiros, donos de parte do Vale.

Aproveitou-se cada raconto apresentado com duas ou mais variantes, pois que isso confirma a sua aceitação efetiva na área. Escolheu-se a variante mais elaborada e com mais pormenores. Nada foi acrescentado, nada foi tirado, dos motivos básicos, da sequência, da filosofia. Moralizante continuou moralizante, todas as histórias permaneceram completamente isso mesmo que está aí.

Quanto à linguagem, claro, recontei à minha moda. Sou portador. Sou caipira. Tenho direito. Está (a linguagem) numa estrutura mais atual, de fácil compreensão. Foram conservadas algumas formas pitorescas, algumas caminhando já para o neologismo, e muitas formas arcaicas ainda vivas no Fundão, como é chamado o extremo paulista do Vale. Assim: preguntar por perguntar, e outras.

A bibliografia usada o foi no intuito de cotejar alguns textos, buscar confirmação da possível origem indígena, e de achegas para língua e costumes.

A forma história, com h, foi uniformizada para qualquer espécie de raconto, eis que não se trata de livro especializado, mas pura e simplesmente de contos ameríndios, aos quais se pretendeu juntar meia dúzia de nótulas informativas.

Suponhamos um subtítulo: Folclore ameríndio, ao alcance dos jovens, muito jovens.

E como atingi-la, a essa esplêndida, mágica, fugidia, encantada juventude, a não ser com os relatos? (Como se fez em todos os tempos. Como fizeram Buda e Jesus. E como procedem os que ainda agora rasgam caminhos, renovando mitos.)

Eis que o homem, de qualquer idade, só entende a lição das acontecências, quando as transforma em histórias.

MAPEAMENTO DA REGIÃO PESQUISADA

Antigos habitantes indígenas do médio Vale do Paraíba

Ali permaneciam os índios puris, desaparecendo por poucos meses, em suas andanças periódicas. Consta que vinham de Mato Grosso pelo leste do Rio de Janeiro. Habitualmente, paravam entre a serra da Mantiqueira e a Capitania de São Paulo.

Não se sabe com exatidão da sua procedência. Construíam cabanas, mas não usavam vestuário. Falavam um dialeto diferente da língua geral. Não se lhes conhece nenhum culto. Pareciam acreditar numa região de delícias, no alto. Colocavam nos sepulcros uma escada (para subir ao céu?). Eram muito arredios e não comerciavam com ninguém que não fosse da sua cor e não combinasse com seus costumes.

A etimologia do nome puri, conforme lição de Teodoro Sampaio, é mais ou menos a sua descrição física. Puri quer dizer miúdo, indivíduo de baixa estatura. Dizem outros que a significação era: gente mansa ou tímida. Pequena. Efetivamente, apenas observavam estranhos por perto, saíam correndo. Não eram hostis.

Um grupo de puris habitualmente ficava na região, tendo saído de Taubaté, acossado pelos homens de Jacques Félix. Desceram pelo caminho do Rio Paraíba, tendo se espalhado em parte por Santo Antonio da Bocaina (atual Cachoeira Paulista) e pela região de Queluz.

Veja-se a história do Homem-Estrela, algumas páginas adiante, ainda hoje recontada por aí. Não faz muito, recolhida pelos irmãos Villas-Boas, na tribo. É a conhecida história europeia das duas irmãs, sem tirar nem pôr, mudando-se o que inevitavelmente tem que ser mudado, ou seja, as condições da sociedade nas quais o conto viceja. Trata-se de duas irmãs, uma bondosa e delicada, outra mesquinha, egoísta, desabrida. Lá estão as duas irmãs (tão diferentes!) tais como em Perrault, irmãos Grimm, Andersen; e tais como nas *Mil e Uma Noites* e sabe-se lá em quantas latitudes mais! Os outros elementos presentes são: os trabalhos ou obstáculos a serem superados, a luta para alcançar o inalcançável, a bondade premiada no final e a maldade castigada.

Mito cristão? Gente! Antes de Cristo já era assim mesmo. Não nos esqueçamos do mito belíssimo de Eros e Psiquê!

Seja como for, o fabulário indígena está integrado no pensamento universal. É razoável supor que o fenômeno ocorreu depois do ano de 1500, por intermédio da influência europeia, imposta pelo colonizador, mais adiantado, mais organizado e mais forte.

Antes da colonização e das catequeses, nada se sabia do índio. E agora? Sabemos alguma coisa?

O marechal Rondon é índio puro. O cacique Juruna veio diretamente da tribo. Aldemir Martins, o pintor, se confessava, com a sua própria imagem — os olhos, os zigomas, a cor, o riso —, integralmente índio.

Nenhum deles selvagem. Nenhum vivendo a vida e a cultura dos nossos irmãos da floresta, a não ser como observador, protetor, tendo cada um à sua moda porfiado por eles. De fora, por assim dizer.

É. De fora.

O folclore nosso de origem Ameríndia

Quando aqui se fala de mitos ameríndios, não se trata de indianismo puro, mas de reminiscências. Estas repontam aqui e ali, anônimas e inconscientes, ou seja, trata-se de indianismo folclorizado.

Grandes grupos de indígenas foram dizimados, para que os homens ditos "os que trazem a civilização" buscassem nos sertões: cacau, salsaparrilha, urucu, anil, sementes, raízes, castanhas, madeira, minério, ouro, diamante. Os índios sofreram guerras, doenças, fome. Puros, existirão na Amazônia cerca de 100 mil indivíduos, e cada vez menos. Uns tantos no litoral paulista. Alguns em Goiás. Um punhado no Mato Grosso repartido em dois. Outro punhado na Bahia. Há a questão das terras, a luta dos índios na Constituição e fora dela — o improvável reconhecimento dos direitos territoriais, da demarcação e garantia das terras ameríndias; a tese utópica do usufruto exclusivo, pelos povos indígenas, de riquezas naturais do subsolo das reservas; questionável reconhecimento e respeito às organizações tribais. Tudo isso balela. Conversas eleitoreiras que já sabemos onde vão dar.

O índio, como raça, está perdido. Isto é, em extinção, o que é a mesma coisa. Já há tão poucos indígenas no Brasil! E esses poucos estão enfurnados pelos matos, jogados nas reservas, ou por aí, como canoeiros, raizeiros, feiticeiros e outros eiros sem importância. Se, como raça, ele vai partir, para não mais voltar, como elemento constituinte do povo brasileiro, continua vivo. Quem poderá eliminar, da nossa etnia de mestiços, sobremestiços e mestiços de mestiços, em principal na região nordestina, o bronzeado da pele; os olhos puxados; o corte abaulado para cima, na pálpebra; as maçãs do rosto, altas e separadas; o nariz reto, em bico de ave de rapina; o negro opaco dos olhos ditos enluarados; o luzidio dos cabelos escorridos? Como eliminar a parte selvagem, misturada ao branco, dentro dos cabras e dos caboclos, cafuzos, mamelucos? Estes são vivos, são imortais. Legião mestiça da nossa pátria morena.

O índio, nós o trazemos em nós.

Esta coleção é apenas uma fraca tentativa de resgatar a herança folclórica valeparaibana na sua vertente ameríndia.

As contaminações

Aconteceram infinidades de contaminações.

Morava do lado da serra um tal de Dito Salvador, índio puro. Pernas tortas, nariz em bico de águia, escurão, baixo, magro, seco, enxuto, calado, sem risos. Olhos repuxados nos cantos, tinha dentes magníficos, que limpava a poder de lascas de fumo, esfregadas com a saliva. Não usava enfeites tribais, ninguém sabia de onde tinha vindo. Aparecia na cidade de vez em quando, para comprar querosene e sal. O andar era deslizante, sem sacudir o corpo, como o de um gato. Tinha uma plantação de fumo num morro perdido, e lá morava com a família, que ninguém conhecia. Vestia-se da maneira mais comum, como um caipira. Calças riscadas, camisa xadrez, andava descalço. De vez em quando, ouvia-se da banda onde morava um foguetório. Era o bugre que vinha com um esquifezinho de criança embaixo do braço, a espaços descansando-o no chão, para soltar foguetes. Que é isso? Está contente porque o filho morreu? O que Deus me emprestou, estou devolvendo. Eu sei que foi pra bom lugar. É anjo. Por essa nova versão da história de Jó, presumia-se ter sido o bugre adotado por alguma ordem religiosa, ou ter sido seu agregado. Como se viu, tinha nome de cristão.

Indígenas puros; mestiços

Que conheciam os índios? O sol, a noite, o rio, o macaco, a preá, a onça. Que queriam eles? Viver. Além do comer, do beber, do reproduzir-se, queriam também saber quem os tinha feito. Que faziam eles neste mundo.

Conforme Couto de Magalhães*, a teogonia indígena se refere ao sol, Coaraci ou Guaraci, criador de todos os seres viventes. Jaci, a lua, mãe e esposa de Guaraci, e mãe de todas as coisas, venerada e festejada, senhora de ritos.

A floresta que era o seu sustento, refúgio, casa, céu, despensa, tugúrio, propriedade, quem a protegeria? E veio o Curupira, Caapora, duende espantoso, protetor das matas e dos bichos. E veio Anhangá, dono da caça dos

* MAGALHÃES, A. Couto de. Ensaio sobre a fauna brasileira. Rio de Janeiro: Diretoria de Publicidade Agric, 1939.

matos, espírito separado, demoníaco, às vezes bom, às vezes mau. Poderoso.

Desde os tempos mais primários, mais selvagens, até um grego do quinto século, até um Heidegger ou um Sartre, desde o homem das cavernas ao camponês bretão, do habitante da palhoça amazônica ao ocupante das mansões do Morumbi, todos querem uma explicação para o que lhes acontece, sem o que ninguém poderá tolerar em certos momentos negros esta negra vida. E aí está porque todos os contos ameríndios do Brasil são etiológicos e tentam explicar a cosmogonia ou a origem dos animais.

Os índios estão em nós, já o dissemos.

Diluídos na linguagem, por exemplo. Foram os falares indígenas que emprestaram à Língua Portuguesa, mais surda e mais martelada, a rica tonalidade brasileira, cantada, lenta, de vogais escandidas bem abertas e de sonoros nasalamentos. Isso na fonética. O vocabulário ficou milionário e original, de palavras nunca dantes conhecidas. Nomes de peixes, de plantas, de frutos, de animais: de répteis, principalmente da grande variedade das cobras, dos quelônios, dos bichos de pena e pelo.

E os antropônimos?

E os topônimos?

E até na morfologia, apesar do seu extremo atraso e de serem os nossos indígenas um povo ágrafo, ficaram os sufixos e prefixos. Quem não conhece as fórmulas: mirim, guaçu, uçu, como em Imirim, água pequena, jararacuçu, jararaca grande; una como em boiuna, a cobra preta, graú-na, pixuna.

Taiova, urucu, cambará, embaúva, sapucaia, tajá, caraguatá, imbê, taiuiá, suçuaiá, trapoeiraba, maracujá, sapo-ti, abacaxi, iguapé, tucum, pitanga, goiaba, jacaratiá, gerivá, taquari, ipecacuanha — são todos nomes indígenas de uso doméstico e cotidiano, na região. E outros e outros.

E sanhaçu, sabiá, saracura, arara, anum, nhambu-xo-roró, mutum, guará, paca, tatu, cutia, preá, capivara, anta, jacaré.

Em que língua do mundo há um vocabulário de tal música?

Vestígios indígenas na nossa formação

O POVO DAS ÁGUAS (I) — O PEIXE

O peixe é insubstituível e indispensável na alimentação da tribo, do caboclo e do caipira; a pesca é importantíssima entre a gente ribeirinha; pescar é necessidade psíquica e biológica: esporte, profissão, lazer, fuga da língua da mulher implicante, *relax*, companheirismo, piquenique. Há lá mais pescadores do que peixe e mais mentiras de pescador do que qualquer outra coisa.

Estas receitas, que damos a seguir, foram tiradas de antigos cadernos de donas de casa, dessas que passam de mães para filhas.

Ensopado de bagre: O peixe é refogado conforme a cozinha portuguesa, mas tem o acompanhamento do pirão, um engrossado feito do caldo do próprio peixe, còm farinha de mandioca, temperado, com sal, alho, pimenta e alfavaca.

Moqueca de piquira: Nas grandes cheias, após a piracema, de 15 de janeiro a 15 de março, nas lagoas formadas pela água que extravasa, faz-se a pescaria com peneiras finas de taquara. Os peixinhos recolhidos são os piquiras (filhotes), chamados assim por serem pequenos, em analogia com a linguagem que se usa para o cavalo de tamanho pequeno. À galinha pequena, aquém da conta, chamam pipuíra. O mesmo para o cereal de grão pouco desenvolvido. Esse peixe miúdo é limpo apenas lhe espremendo a barriguinha. A massa toda dos piquiras é temperada com sal, limão e pimenta comari; envolta em farinha de mandioca e repartida em punhados. Enrola-se cada punhado em folha de bananeira ou de caeté e assa-se na brasa. Faz-se moqueca de qualquer peixinho em outras ocasiões: lambari, acará, curimba dos pequenos. Limpa-se, tempera-se, com alho, sal, alfavaca cheirosa, enrolam-se aos dois e aos três em folhas de caeté, depois de passar na farinha de mandioca. Enche-se uma vasilha de lata, ou de qualquer material refratário, e assa-se na churrasqueira, ou na brasa, ou leva-se ao forno. A prática indígena constava de massa do peixe com farinha, enrolada em folhas de caeté, colocada num buraco no chão. Cobria-se a abertura de terra, acendia uma fogueirinha em cima, conservava-se o brasido durante certo tempo, nunca menos de duas horas, antes de dar o quitute como pronto para ser desenterrado e comido.

Peixada azul-marinho: Refogado de peixe, ao qual se juntam bananas verdes, durante o cozimento. Conhecido no chamado Fundão do Vale e em Parati, no Rio de Janeiro.

Moquém: Quando há excedente de caça e pesca, em determinadas épocas excepcionalmente fartas, faz-se o moquém para impedir que se desperdice comida. O moquém é uma espécie de grelha, quadriculada sobre estacas. Usam-se varas finas para fazê-la. Sob ela, a uma distância suficiente para não queimar o peixe (ou caça), faz-se fogo. Coloca-se a peça em cima da grelha, virando-a e revirando-a, lentamente. É uma espécie de churrasqueira, em que o peixe não chega a ficar no ponto de comer, mas permanece no estágio de se conservar, como carne seca ao sol. O processo é mais rápido do que o secamento solar, deixa a carne mais macia, nada lhe tira do sabor e não lhe muda o cheiro. É o que se chama moquear. Com essa técnica, retira-se todo o líquido. A carne desidratada pode ser guardada sem perigo de deterioração. Podemos lembrar o hábito europeu de defumação.

São estes todos os peixes conhecidos na região do Médio Vale do Paraíba: acará e cará, anduiá, bacurau (que é também o nome de uma corujinha do campo), bagre, peixe de couro; baiacu — com várias denominações: mocinha, cachorro-magro e tuiá —; cascudo de que se conhecem duas variedades, uma quase preta, que vive agarrada às pedras, é caçada a facão, e um castanho-claro-esverdeado. Peixe de terra, sai do rio e anda por longe, pelo barro — por esse motivo é chamado sobe-serra, fura-barranco, vira-morro. E mais: curimbatá ou curimba; dourado, peixe alienígena, carnívoro, aclimatado nos rios do Vale; jaú, peixe de couro; lambari e lambari-tábua, que servem de isca; mandi e mandi-chorão, peixes sem escama, com uma qualidade estranha: uma espécie de ferrão ou estilete, que fere duro e doído; mandi-guaçu; nhacundá; piaba; piabanha; piapara; piau; saguiru; surubi, que é dos peixes maiores; taiabucu; tamboatá; tilápia, aclimatada artificialmente, diz-se que para combater a esquistossomose, uma vez que devora os caramujinhos transmissores da moléstia e não se constitui em seu hospedeiro; timburê; e várias espécies de traíra: trairão, traíra branca, traíra-poca, traíra preta.

Um curiboca, mais indígena do que tendente a qualquer dos seus outros componentes raciais, dizia que peixe não devia ter preço nem ser vendido. A gente não cria, não sustenta, não capina, não tem trabalho com ele, é só ir lá no rio buscar...

E nem usam ferramentas caras nem insumos, poderia acrescentar. Dada a importância do peixe na alimentação do índio, ele desenvolveu uma habilidade extraordinária, desde a confecção do instrumental necessário, técnicas e armadilhas, certamente concomitantes com outros povos. Lançava quaisquer armas brancas, pontudas, sobre os peixes que passavam nadando e os apanhava. Tinha nesse esporte-tarefa uma agilidade espantosa, o que realmente não é de admirar. Da perícia de cada integrante dependia a sobrevivência da tribo.

Artesanato Ameríndio

A CESTARIA PARA A PESCA E O PESCADO

O pescador profissional, ou o amador teimoso, viciado na pescariazinha de fins de semana, chamado no Vale do Paraíba de piraquara ou piracuama, fabrica ele próprio os seus utensílios. Algum material tem em casa, como a palha de milho. Outros, busca no mato: cipó-imbé, taquari, bambu, taquaruçu, canafístula, fibras de tucum, brejaúva, bananeira, taboa.

De todas essas plantas, o bambu é a mais usada. É gramínea, fácil de se encontrar e de trabalhar, e mais fácil ainda de ser cultivada. Cultivada, não é bem. Planta-se um gomo, desenvolve-se uma touceira, dez mil vezes maior, em pouco tempo, não é preciso tratar, nem adubar, nem molhar, e nunca mais acaba.

O bambu é cortado às tiras. Usa-se o lado de fora — a casca —, e o lado de dentro — o miolo. O artesanato em que se emprega é mais rápido, mais barato, mas não dura muito e solta farpas.

Para não dar caruncho, o caboclo corta o bambu na minguante.

E, tendo encontrado o material, em quantidade suficiente, o caipira, com a sabença que lhe veio, nem ele sabe de onde, o caipira trança a cestaria.

Jiqui: Espécie de cesto afunilado, feito de varas de taquari, flexíveis e finas. Nele, o peixe entra pela boca larga e depois não acerta a saída.

Covo: É o labirinto caboclo. Feito em forma de "esses" emendados, de berrante de bom tamanho, de chifres recurvos, tirados daqueles touros de guampas formidáveis, de curvas de rio, de fuso e de parafuso. Covo também é para engano de peixe. Este, afeito a engolir minhoca enroscada no anzol, entra no covo. Crédulo habitante das águas, crédulo e ignaro, que nunca leu a história do Minotauro, entra no covo e fica.

Samburá: Cestinho em forma de pirâmide, é utilíssimo. Dentro dele, levamos o peixe para nossa casa, sem o massacrar. Faz parte do vasilhame artesanal.

Peneiras: São de dois modelos e de n tamanhos. Um modelo é o trançado sem buracos, a peneira é redonda, chamada pá ou apá, de abanar arroz. O outro, de trançado aberto, serve para abanar feijão, café em grão, fava. Ambos apresentam uma cruz, armada em duas tiras mais grossas de taquara. A apá serve para "caçar" peixe nas lagoas deixadas pelas enchentes, quando o rio baixa. Geralmente, apanham-se traíras pretas, de barriga amarela, parecidas com cobra.

Cestas e balaios: A cesta tem uma ou duas alças, por onde se lhe pegue. O balaio é redondo, fundo, grosseiro, com arremate de arame. A cesta é usada para levar o pescado à feira, ou a venda a retalho, na cidade. O balaio guarda o peixe vivo, dentro d'água, ou impedido de fugir por uma tampa que é ver uma peneira emborcada, ou, amarrado a uma árvore ribeirinha, ingá, sangue-de-andrada, embaúva, fica a meio mergulhado, com o peixe dentro.

Outras técnicas culinárias

IÇÁ

É chamada içá, e também tanajura, a formiga saúva, fêmea, quando pejada de ovos. Usa as asas, de que então é dotada, para se acasalar, no voo. Trata-se da *Atta Sexdens*, a respeito da qual se gastou um rio de tinta.

No final de outubro, em dia calorento de sol, depois de uma tempestade, é certo que dos formigueiros partem centenas de milhares de içás e mais os seus companheiros, cujo nome é bitu, ou içá-bitu, e realizam, nesse dia esplendoroso, o voo nupcial. Esse é dia de colheita de formiga. No interior, nas roças, em terras vermelhas, à boca dos formigueiros, posta-se a meninada, ou corre atrás dos insetos que estão em vias de pousar no chão, tonteando-as com ramos bem enfolhados. Não se trata de esporte, embora dia de içá seja dia de festa. Colhe-se o inseto para comê-lo.

Conta Cornélio Pires que o paulistano era apelidado pelo santista de comedor de formiga, mas esse remoque vem dos dias de antanho.

A içá é consumida torrada, assada, moqueada, com farinha, com molho apimentado. Era tão comum, na era colonial, que foi oferecida ao conde de Assumar, quando parou para refeição entre Jacareí e Caçapava, numa fazenda. O conde recusou-se a comer tal manjar, que considerou muito esquisito.

O livro de receitas *Cozinheiro Nacional**, da Livraria Garnier, diz que içá torrada tem gosto de camarão. Carlos Matos, *in Insetos no Folclore***, diz que içá torrada cheira a carrapato. A içá é não só comida, mas também bebida. Macerada na pinga, dá-lhe um gosto apreciado por muitos. De mel, dizem. Também é remédio (a içá com pinga), depurativo e fortificante.

Fortificante deve ser, e dos bons, pois se trata de ovos de formiga, caviar caipira, talvez com o mesmo valor nutritivo do caviar da ova de esturjão.

Monteiro Lobato gostava de içá.

* "Cozinheiro Nacional ou Collecção das melhores receitas das cozinhas brasileira e européas". Rio de Janeiro: Livraria Garnier, s/d. Disponível na internet, neste endereço: <https://ssmfoto.files.wordpress.com/2013/09/060057_completo.pdf>.
** "Insetos no folclore", de Karol Lenko e Nelson Papavero. São Paulo: Editora do Conselho Estadual de Artes, 1979.

Que se trata de culinária indígena, dá-nos testemunho Anchieta. Afirmava que os índios assavam formigas em vasilhas de barro. Essas formigas cortadeiras.

Nos mercados do Vale do Paraíba, até mais ou menos duas décadas, vendiam-se pratos de içá torrada, misturada à farinha de mandioca. O acepipe vinha das roças, em sacos brancos, muito bem lavados e tinha grande aceitação.

CUSCUZ

O cuscuz é um bolo de farinha de milho, assado em cuscuzeiros de barro furados, sobre vapor d'água, conseguido com água fervendo numa panela, esta última levada diretamente ao fogo. Mistura-se à massa, antes de assar: pimenta, molho de tomate, carne de galinha, camarões, ovos cozidos.

MANDIOCA

A lenda da mandioca, ou mani, dos indígenas, é completamente desconhecida no Vale do Paraíba. Consta somente de livros escolares de primeiro ciclo. Porém, a técnica de plantar, colher, os processos do fabrico da farinha, da moagem em moinho rústico — mó de pedra tocado a água, ou o monjolo de madeira —, a torrefação em fogo brando de lenha, a feitura do beiju*, tudo segue as técnicas dos nossos selvagens, verificadas em outras regiões brasileiras, onde a influência ameríndia é maior. Vê-se ali que a mandioca, reduzida à farinha, é a base da alimentação, como o trigo o é para o europeu: o seu pão de cada dia. O sertanejo faz com ela os mais variados pratos: o bolo, o cozido, aproveita-lhe a raiz, as folhas, o talo, os brotos. É a macaxeira, a mandioca-doce, ou aipim dos fluminenses. Maniçoba com macaxeira é um guisado do Meio-Norte, feito com mandioca, folhas de mandioca, caule da mandioca, raiz da mandioca, e mais: camarão moído, carne de aves ou de caça e pimenta pra valer.

Cândido Mariano da Silva Rondon recolheu entre os parecis a lenda de mani, que é, resumidamente, assim: um pai amava o filho, desprezava a filha. Esta, desgostosa, pediu ao pai que a enterrasse no campo de plantações. Nasceu uma planta, viçou. Arrancada, mostrou raízes comestíveis, que serviram de muito para a alimentação da tribo. Era a mandioca.

Também recolheram lendas de mani Couto de Magalhães e Artur Ramos. Dizem os estudiosos que a lenda encerra uma característica das antigas religiões asiáticas: atribuir a um deus o ensino de práticas de sobrevivência, pois que a menina Mani foi deificada.

* O beiju, uma espécie de lâmina doce, pururuca, enrolada, feita de massa da raiz da mandioca, ainda hoje é vendido nas ruas das pequenas cidades, em latões, sobre carrinhos de madeira, e anunciado ao som de matracas.

A mandioca, além de comida, é bebida. Os índios faziam dela o cauim, assim como do milho. Restou do aproveitamento do caldo da mandioca brava, ou manipuera*, o tempero chamado tucupi, misturado à pimenta. Um dos grandes pratos típicos do Norte é o pato com tucupi.

TÉCNICAS AMERÍNDIAS — FORNOS E FOGÕES

Cupim é um inseto isóptero, da família dos térmitas, que, como a formiga saúva, cria asas para o voo de reprodução. Nessa oportunidade, faz a alegria dos pescadores. É a melhor das iscas, para a pesca do lambari, e é então chamado aleluia, siriluia, sará-sará. O ninho, de seu nome — cupim, montículo de barro amassado, endurecido e praticamente indestrutível, é uma fortaleza para os habitantes mirins. Tais construções sobem até mais ou menos cinquenta centímetros, mas podem atingir até três metros de altura. No Vale do Paraíba, os campos de criação de gado têm milhares de cupins ou cupinzeiros, feitos de terra misturada às plastas de estrume vacum. É uma praga. Nos cupins esvaziados de seus habitantes legítimos fazem ninho as cobras e as corujas, cada espécie por sua vez.

* A manipuera ou manipueira, onde está o elemento mani, é venenosa, porém o sertanejo conhece a maneira de isolar o veneno.

Quando abandonado pelos térmitas, o cupim foi chamado pela voz indígena: tacura e tocuruva ou tacuruva e tacuruba. Na Argentina, é chamado itacuru.

Os indígenas, especialmente os nhambiquaras, comiam as formigas dos cupins assadas ou cruas, aos punhados, como pipoca. No Vale do Paraíba de hoje não consta que tenhamos herdado esse hábito alimentar. Herdamos fins diversos para os cupinzeiros. Paulo Florençano noticia que três cupins formam uma trempe de cozer alimentos, com fogo de lenha. Tucuruba é o nome desse fogão formado de cupinzeiros dispostos em triângulo, com a abertura dos três para o lado de dentro. O que funciona mais ou menos como um puxador de ar, que oxigena e alimenta a labareda. Sobre a junção dos cupins coloca-se a panela de ferro de três pernas.

O barro trabalhado pelos térmitas atinge e retém as temperaturas mais altas, é refratário, não desmancha com água da chuva, nem de enchente, e nem se desgasta.

Eugênia Sereno, do Vale do Paraíba, cita em seu livro *O Pássaro na Escuridão**:

"... sobre uma trempe de três pedras, no covo de uma panela de pedra preta..."

Como se vê, é uma variante da tucuruba, o triângulo, a forma, a disposição das pedras, um material natural pronto, que retém grande calor. Esse fogão também é comum na região, em principal nos dias de festa, pela necessidade de

* SERENO, Eugênia. Pássaro da Escuridão. Rio de Janeiro: Nova Fronteira, 1984.

improvisar inúmeros fogões espalhados pelos terreiros, rápidos no fazer e fáceis no desmanchar. E econômicos, porque aproveitam o material mais à mão. Usa-se, por exemplo, em Cruzeiro, Lavrinhas, Queluz, fundão do Vale chamado, e nos Santos Reis, que são festas de "dar comida pro povo".

Outra destinação do cupim é a feitura do forno ou fornalha, para assar caça e quitanda: broas, brevidades, biscoitos de polvilho, peixes grandes, recheados. Os técnicos rústicos fazem-no alto e ovalado, com uma abertura somente, na base, por onde entra e sai o assado. Usam cupins despedaçados a picareta.

O forno, quando frio e em desuso, serve para pôr galinha para chocar.

Faz-se também forno de barro tratado à maneira chamada de taipa de pilão.

Usa-se em São Luís do Paraitinga, na festa do Divino Espírito Santo, um fogão feito de tijolões de barro batido com capim — o adobe. É circular. Vai do chão até uns oitenta centímetros acima, tem uma bocarra de larga circunferência, onde se coloca um panelão de ferro, feito em funilaria e serralheria rústicas. A panela se afunda em pirâmide invertida, quase até o chão. O fogo é sustentado a lenha a noite inteira. Colocam-se ali até 600 quilos de vaca, sem osso, mais água temperada que dê para cobrir a carne. O fogo não deixa de ser atiçado. De manhã, a carne está se diluindo, resta bastante caldo gorduroso. Come-se a carne e mais o caldo mexido com farinha grossa, torrada de farinha de mandioca. É o que se chama na região refogado e afogado.

OS CONTOS
DE CURUMIM

I.

COSMOGONIA TUPI

O céu dos índios

Contam os velhos caboclos, mestiços de índios, que abaixo de onde nós moramos existe uma outra terra. Diferença que tem deste mundo é pouca. O que existe aqui existe lá, mas é tudo mais bonito. Consta de um campo grande, tão grande que do comecinho não dá pra ver o fim. A vista não alcança. O campo tem grama verde, de um verde-claro e lustroso, de canavial depois da chuva. Buriti lá embaixo é arvorezinha, pequenina, altura de uma pessoa. É como cajueiro do cerrado, que em vez de árvore frondosa é arbusto. Quem quiser chupar coquinho de buriti é só estender as mãos e lá estão os frutos maduros, oferecendo-se.

As campinas estão cheias de caça. Muito se vê ali. Anta, capivara, tatu, tamanduá, veado campeiro, caça grande e caça de pena, mutum, jacutinga, cajubi, codorna. Há de umtudo nos encantados campos.

Gente? Não se sabe se assiste ali. A caça percorre tranquila os grandes banhados, sem ninguém que judie dela.

Dizem que os porcos-do-mato procedem de lá.

Uma vez dois índios foram caçar. Aquele não era um dia de sorte, isto é, não era um dia de caçador. Os bichos soverteram pelo mato e não se via um bichim de Deus, unzinho, a ser levado para a taba para acabar moqueado e comido. Por mais que eles percorressem em todos os sentidos a campina grande, nada conseguiam. Até que um deles avistou um tatu. Tatu peva, baixinho, gordo, reboloso, com as orelhinhas pontudas em pé. O animalzinho foi por ali abaixo, correndo, as pernas curtas rendendo pouco, mas encontrou um buraco — e talvez o que já estivesse procurando — barafustou por ele adentro e desapareceu. O índio deu um grito de raiva e se jogou no chão, bem em cima dessa espécie de túnel cavado pelos tatus, mas não conseguiu alcançar o fujão.

— Eu mostro *presse* danado se ele vai escapar assim. Vamos lá em casa, parceiro! Vamos pegar um enxadão e cavucar.

E foram. E voltaram. E um deles cavou até ficar com os braços doces. O outro falou:

— Cavando desse jeito, vamos sair do outro lado do mundo e não é isso que eu quero.

— Acontece que eu tenho que pegar esse tatu — clamou o teimoso.

E vá de cavar e vá de cavar, alargando o buraco, terra adentro, sem encontrar nem aquele, nem nenhum sinal da grande tribo dos tatus. O companheiro chamava:

— Deixe disso! Vamos embora!

— Pode ir, eu fico.

Foi o que fez o companheiro. Farto de gritar, foi embora ligeiro para a taba, enquanto o teimoso ficava ali, cavando e suando, para ir até não sabia onde, procurando o tatu. Quando ele viu, estava embaralhado num fuste de palmeira. Que é isso? Que lugar é esse que tem árvores embaixo do chão? Escorregou pelo espique da palmeira abaixo e logo estava na grande campina de que sempre ouvira os mais velhos falarem. Enquanto ele perlongava os campos encantados, subterrâneos, o companheiro assustado alcançava a taba.

Foi uma balbúrdia na tribo. Corria gente de toda banda e todos queriam saber o que havia.

— Está no fundão! — contava o que tinha desistido. — Acabou sumindo para baixo, como quem entra em água grande.

Os velhos abanavam a cabeça e lembravam o que tinham ouvido.

— Ele está vivo. Mas nunca mais há de sair. Quem vai lá não encontra o caminho de volta.

— Então precisamos buscar esse cabeçudo lá embaixo.

— Eu sei o caminho! — o companheiro disse.

Quando o passaredo anunciou a madrugada, o inhambu-xororó piou alto nas moitas, saiu um bando de índios pelo mato, buscando o tal buraco de tatu. Ora por si, ora guiados pelo companheiro do desaparecido, revistaram as redondezas, por miúdo. Não deixaram uma toca de corujinha campeira que não fosse quase virada do avesso. Mas nem por muito andar conseguiram encontrar o tatu, nem buraco, nem o índio sumido. Retornaram muito encolhidos e não queriam fazer mais nenhuma busca, embora o amigo do sumido ficasse espertando uns e outros: ele morre lá, ele se acaba.

— Morre nada. Não morre — diziam os mais velhos.

E contavam: é uma terra linda, cultivada, tem fruta boa, água limpa e caça muita. E mulheres, as mais bonitas do mundo. Lá ninguém conhece guerra nem fome, nem ferimento, nem doença, nem morte. Ele tem sorte muita. Deixem pra lá. Caiu ali, foi sorte*.

Daí apareceu o feiticeiro, fez uma pajelança e contou para quem quis escutar o que tinha acontecido. Que o índio achou o caminho de ida para o céu lá debaixo, descendo ao mundo das profundezas. Que nunca mais acharia o caminho de retorno. E que não tinha ficado imortal. Se ninguém o fosse buscar, passaria desse mundo subterrâneo para os campos da morte.

* Encontramos referência em POMPA, Cristina. "O mito do Mito da Terra sem Mal: a literatura 'clássica' sobre o profetismo tupi-guarani". *In* Revista de Ciências Sociais, Fortaleza, 1998, vol. XXIX, nos 1 e 2, pp. 44-72.

— Ai! — gemeu o amigo. — Eu sabia que era a morte.

— Não por enquanto — declarou o feiticeiro.

— Ai! Ai! — chorou a noiva do índio. — Eu sei que ele se foi para sempre.

— Para sempre é tempo demais — corrigiu o feiticeiro. E disse mais: quem sabia o caminho dos campos de caça, aqueles, era o danado porco-espinho, que sabe tudo.

Dias e dias o pajé passou na mata, escondido, esperando. De repente, apontou uma vara de porcos selvagens, cada caititu temeroso, de colmilhos pontiagudos, fazendo um ruído horrível de dentes batendo uns contra os outros. Passaram. O pajé foi atrás, de mansinho. A certa altura, eles escorregaram por um buraco, foram descendo e sumindo, até que ficou apenas um caitituzinho magro, no coice do bando. Quando o feiticeiro entrou, que o magruço ia dar um sinal, ele pulou para cima do animal e acabou com ele. E assim entrou no mundo misterioso, que só Tupã e a porcada conheciam. E toca a procurar um índio por aquelas planuras sem fim. Estava quase desistindo. Os queixadas já estavam passando do regresso, quando o encontraram. Lá vieram os dois, o índio e o feiticeiro, andando quando a porcada andava, parando quando ela parava, subindo rampas e saltando valas, até que saíram cá em cima, de volta pra casa.

As manchas da lua

"**D**esceram umas mulheres, cunhãs-apuyaras, ou amazonas, de uma serra chamada do Taperê, e hoje do Acunã, e se instalaram perto de uma lagoa tranquila..." Assim começa a história mais triste do mundo.

Para ali vieram os homens da tribo mais próxima e, dentro em pouco, floresceu uma povoação onde todos trabalhavam e a vida era boa. Nas grandes festas, havia danças e risos. As fogueiras erguiam para o céu labaredas azuis e vermelhas. Havia fartura de milho, ananás e mandioca. Da maniva as velhas faziam o beiju amarelinho, que estralava na boca, curru-curru. Curumins pula-pulavam, no terreirão. Os homens traziam a caça, as mulheres plantavam o milho curucuruca, e faziam o cauim para as noites de pajelança. E foi assim, até que uns guerreiros grandes e mal-encarados, vindos do lado onde o sol se põe, atravessaram o grande vale e dispararam flechas contra a gente da taba. Os homens apanharam as armas de guerra e saíram para a luta. Mas o inimigo era inumerável como as areias. Os de cá atiravam. Os de lá, uns caíam e morriam, outros surgiam ferozes por detrás das moitas. E foi assim. E assim foi. Da grande tribo, rumorosa como colmeia no calor, sobraram duas pessoas, irmão e irmã. O irmão subiu a alta serra e se refugiou entre as árvores. A irmã permaneceu embaixo, ao pé do lago. E mais ninguém havia.

A irmã tinha a rede entre duas palmeiras. Pássaros cantores musicavam-lhe a solidão. Um quente colorido pincelava cores espantadas nas penas das aves, nas flores enormes, de pétalas carnudas, no pelo iridescente das onças ruivas. Como contraste, ondulava o velo dos grandes felinos negros, veludo, sombra móvel, em cima de sombra jacente. O sol arrancava relâmpagos de prata do ônix desses pelos.

No alto, ficava o irmão. Podia ser visto, torso nu, musculoso, vergando o arco pesado quando saía para a caça. Jamais descia para o lago. Era o grande gavião solitário, de perfil nítido, contra os rochedos. Cingia-lhe os rins a cinta enfeitada de penas. Tinha ornatos rodeando a fronte. No pescoço ostentava colares tirados de penugem do papo do tucano amarelo. Era belo como o sol e a nuvem. Ele, no alto. Atrás o azulão do céu iluminado. Tinha, há muito, trançado a rede de fibra e amarrado cada puxador numa árvore de lei. Quando se embalançava e cerrava os olhos oblíquos, sonolentos, o vento dava um novo impulso na rede. Tudo quieto. Na hora da sesta, o xenhenhém era um acalanto. Cheiro de sol cantava no ar. Cheiro de mar subia do grande lago.

Uma noite, em que a sombra esfumava os contornos das plantas e o morro avultava negro contra o céu, o índio sentiu a rede pesar. Ao mesmo tempo, o perfume das flores se tornava mais ativo e pungente. Seria mulher ou alma dos caminhos que vinha encantar a sua noite?

Ou era sonho?

Ele não conhecia ninguém pelas redondezas. Nem havia ninguém. A guerra tinha devastado tudo. Por mais que ele buscasse, com seu olhar de gavião, fixo, brilhante, não divulgava o menor traço de gente por ali. Então, impaciente, em bruscas sacudidelas, agitava os cabelos lisos, de um pretume de pixuna.

De que tribo virá essa que me procura? O olhar perdido nos longes buscava em vão o sinal de uma presença.

Por que virá ela somente à noite, na escuridão? Por que não fala? Por que não ri? De onde vem?

Desceu o morro e foi contar à irmã a sua ventura.

— Ela é macia e quente como uma ave, irmãzinha. E cheira como um campo de flores.

A irmã deu uma risada que foi um rolar de campainhas e comentou:

— A três dias daqui, moram muitas cunhãs, moças e bonitas. Será uma delas.

— Vou para lá — disse ele. — Mas como posso conhecer como é a moça?

Em outra noite, a mulher pesou de novo na rede de tucum; o índio parecia dormir. A cunhã se curvou para beijá-lo e sentiu nesse instante que o amado lhe passava as mãos nas faces e as deixava úmidas. Antes da madrugada, ela fugiu.

Fugiu e foi se olhar no espelho das águas.

A irmã foi se olhar no espelho das águas e se viu toda marcada com tinta vermelha, indelével, de urucum. Ela compreendeu que o irmão ia saber de tudo; que ela era a visitante misteriosa e ia conceber contra ela um horror indescritível. Manejando o arco, foi despedindo flechas, prendendo-as umas às outras, até formar uma longa vara. Por ela subiu até o céu e lá ficou, transformada em lua.

O irmão esperou muito tempo, todas as noites. Por fim, desesperado, porque ela nunca mais apareceu, transformou-se em mutum.

Desde esse dia, em noites claras de plenilúnio, a lua redonda e cheia mira do alto o seu rosto nas águas do lago, para ver se as manchas se apagaram. Mas mancha de urucum* nunca, nunca mais sai.

---

* Urucum, ou urucu (Bixa orellana). O sumo do fruto é usado como tintura pelos índios, que com ele pintavam o corpo. Protegiam-se contra a doença e o mal, assim acreditavam. Rafael Karsten, em *The Civilization of South American Indians*, afirma que a pintura com urucuns era feita por motivos rituais e mágicos. Um dos processos de conseguir a tinta era pilar para reduzir a pó as sementinhas do fruto e misturar a esse pó óleo da copaíba.

Esse conto da cosmogonia ameríndia contaminou-se com os folclores negro e europeu. Foi recolhido e recontado por João Barbosa Rodrigues*, por Afonso Arinos** e por Melo Morais Filho***. Tem muito a ver com o mito do Saci-Pererê. Vejamos como.

Primeiro, o evidente parentesco de Jaci, a Lua, com Yaci, o Lago, e mais a significação de Jaci (Ja = vegetais, Cy = mãe). Taperê, a tapera, confunde-se com Taperê, a serra, hoje chamada do Acunã.

Tudo são cogitações e todas podem ser falsas.

É provável que de uma única vara de flechas, subindo aos céus, a ideia primitiva do Saci, isto é, de Jaci, tenha surgido, por associação, o mito Saci-de-uma-perna-só. E é possível também que a forma — uma perna só — venha do hábito de os pássaros ficarem em repouso sobre uma perna. A cantiga do pássaro, associada à lenda, impôs a onomatopeia — Jaci Taperê. Também são hipóteses.

Como primeira contribuição do progresso, o invasor fez do Jaci Taperê o Saci-Pererê, de uma perna só, emprestando-lhe, além disso, as características dos duendes originários da alma dos mortos e do culto do fogo nas lendas europeias. E isso não é apenas especulação.

Mais uma vez, cruza-se lenda sobre lenda. O perambular de um pássaro e seu canto melancólico passaram do mutum primitivo para o sem-fim, considerado mensageiro da alma dos mortos,

* Rodrigues, J. Barbosa. Exploração do Rio Yamundá. Rio de Janeiro: Nacional,

** Arinos, Afonso. Lendas e tradições brasileiras. Rio de Janeiro: Typografia

*** Morais Filho, Melo. Festas e Tradições Populares do Brasil. 3ª edição. Rio de Janeiro: Editora F. Briguet, 1946

como nos ensina Metraux, em *La Religion des Tupinambás**. O registro de Metraux fala em Matim Taperera. Sob a forma de pássaro — desse pássaro Matim Taperera — a alma dos mortos vinha passear na terra. O mesmo entre os xiriquanos e os guaraiús, que diziam que essa ave vinha da terra dos antepassados. Matinta Pereira é hoje o nome pelo qual é conhecida uma ave da família dos cuculídeos: Tapera Naevia, Linn. Goeldi dá-lhe o nome de Diplop-terna naevius. Barbosa Rodrigues, o de Cuculus Cayanus. O nome popular é Saci Saterê e Saci-Taptererê na Baixada Fluminense. No Rio Grande do Sul, Saci-Perê, como informa Cezimbra Jaques, em *Assuntos do Rio Grande do Sul***. No Vale do Paraíba, é o Saci-Pererê, de uma perna só.

Quanto ao mutum, existe em separado do Saci. O nome é comum a diversas espécies de aves do gênero Cra, família dos cracídeos. Tem penas escuras e brilhantes e um topete de penas. Chamam-no também hoco, mitu, mitus e urumutum.

Assim, vimos um conto duplamente etiológico, uma vez que especula sobre as manchas da lua, e procura demonstrar a razão — do canto-chamado, melancólico e impressionante do mutum, ao cair da noite.

---

* MÉTRAUX, Alfred. La religion des tupinambás. Paris : Librarie Orientale et

** CEZIMBRA JACQUES, João. Assuntos Do Rio Grande Do Sul. Porto Alegre: ERUS, 1979.

O Homem-estrela e o Urutau

Havia uma estrela no céu. Havia homens na terra. Cada um para o seu lado. O povo da terra pra uma banda. O povo do céu, de outra banda. Daqui de baixo as moças suspiravam: Ah! eu queria uma estrela pra mim. E na estrela: Ah! eu queria saber o que acontece lá embaixo.

Lá embaixo a indiada vivia de frutas do mato, de peixe cru, de bichos de pena e pelo, que matava na flechada, tudo sem moquear, que fogo não havia. E plantas também não havia. Nem milho, nem ananás, nem mandioca. Ninguém sabia plantar. E roça não havia.

No meio de todas as ocas, numa delas, um casal com duas filhas. A mais velha vaidosa, soberba, não ajudava ninguém, não falava com os desgarrados, não mostrava alegria. Gostava só de pentear os cabelos, olhando-se no espelho dos rios. A mais nova era a simpleza em pessoa. Cantava com os passarinhos, pulava e corria atrás dos veadinhos do mato. Pra ela não havia diferença. Foi uma noite, estando as duas olhando para o céu, viram uma estrela pisca-piscando e a mais velha comandou:

— Pai! Vá buscar a estrela-maior pra mim!

— Que é isso, minha filha?! Você é maluca? Quando é que eu posso fazer escada pra chegar no céu? Nunquinha! Trate de se contentar de espiar daqui de baixo.

Mas a estrela escutou, desceu, e foi assim que, no meio da noite, uma voz falou perto do ouvido da moça:

— Você me chamou. Eu vim. Quero casar. Case comigo.

— Depois mais. Quando clarear o dia.

Quando clareou o dia, ela olhou para o semblante do Homem-Estrela. E não gostou do que viu. Não era nada do que estava pensando. O tal, que imaginava bonitão, musculoso, jovem, belo, não passava de um velhinho corcovado, tinha no corpo uns enfeites surrados e no todo um ar de cachorro sem dono, com aqueles olhos morteiros.

O pai se levantou, perguntando:

— Quem é esse aí?

— Diz que é o Homem-Estrela.

— E sou. Sou a estrela do céu, que a sua filha chamou pra ficar perto dela. Eu vim. Vim pra casar.

A moça clamou:

— Eu? Casar com esse velho feioso, sem graça, com cara de vagabundo? Eu?

O velhinho começou a chorar, arrepelando os cabelos e isso foi ainda pior:

— E molenga, ainda por cima. Que vergonha! Vá chorar na cama, que é lugar quente. Vá pro colo das velhas, pra chorar!

E pegou a rir, desalmada.

A mais nova, que havia se levantado, ao ouvir as falas alteradas, inteirou-se do que acontecia. Mesmo não acreditando muito naquela história de Homem-Estrela, sossegou o velho:

— Deixe de choro, velho. Eu caso. Veja lá, pai. Eu quero este homem pra meu marido.

O pai concordou e fez o casamento da caçula, com danças e festa e muita comilança.

Passou. O velho aprontava os roçados, de manhã bem cedinho afofava a terra. A moça descobriu que ele falava com os rios. Ele mergulhava na correnteza, de lá trazia a maniva da mandioca e tudo o mais que se planta. A moça queria ajudar, ele recomendava:

— Não me apareça lá na roça. Fique em casa aprontando o de-comer pra minha fome, e os braços pra me abraçar, quando eu chegar com frio e cansado.

Certa madrugada, ele saiu e não voltou. Não apareceu para almoçar, nem para jantar. Anoiteceu, e nada. A moça ficou pensando: *Vai ver que o pobre ficou tão cansado que caiu pelos matos, sem ânimo. E está com fome ainda por cima, que não comeu nada hoje, o dia inteirinhozinho. Ele não quer, mas eu vou lá.*

E foi. Ela se botou para o mato, no rumo que ele tomava sempre. Quando desembocou numa aberta, lá estava ele, alumiado por um clarão. Era uma fogueira, coisa que ela jamais tinha visto. A roupa era a mesma, surrada, o velho chapéu de palha, caído nos olhos. Mas não era velho, não. Era um moço alto, animoso, de braços fortes e pernas sólidas. Ele desfazia em estilhas um enorme de um tronco. E cantava. A moça até derrubou a cuia com comida, que ia levando, tão grande foi o espanto. E ela que pensava fortalecer o velho!

— Quem é você? — foi tudo que conseguiu gaguejar.

— Eu? Que pergunta! Sou o Homem-Estrela. Desci disfarçado de velho, pra experimentar o coração de vocês, gente da terra.

A moça teve um alegrão. Dançou e cantou, e dançou e tornou a cantar.

Ao chegarem a casa é que foi a danação. A irmã logo maldou:

— Quis casar com o velho e já trocou o marido por um moço.

— Ele é esse mesmo — afirmou a mais moça, com bom modo.

— Capaz! Eu tenho olhos na cara, pra ver. Aquele era velho e feio.

— Ele desencantou e agora é assim, como você vê.

A mais velha já botou a boca no mundo. Quando acabou de chorar, cresceu pra cima da irmã, fula de raiva, exigindo:

— Dê cá meu marido, pra cá. Que fui eu que chamei...

— Você não quis casar com ele.

— Não quis, mas agora eu quero. Eu vi primeiro.

— Agora que eu estou gostando dele, você vem tomar o que é meu. De'estar. Fique com ele, eu vou por aí, pelo mundo, pra esquecer.

O Homem-Estrela interveio na conversa:

— Que vai pelo mundo, o quê! Você fica comigo. Essa sua irmã tem um duro coração, que só contém desprezo. Se fosse por ela, eu estava na terra, jogado fora. Capaz que tivesse até morrido.

Virou-se para a cunhada e desabafou:

— Agora sou eu que não quero você, sua serigaita malvada!

A mais velha, nem bem escutou isso, caiu pra trás, desmaiada. Quando voltou a si, era o pássaro chamado urutau.

Desdaí, o urutau começou a correr a sua sina. De dia, está encolhido no galho seco de pau, no oco, nos cupins. De noite, caça. Quando canta, é como canto de morte, longo, fundo, feio. É a mais impressionante das cantigas. Até a madrugada, corta a noite, como navalha.

Se alguém quiser confirmação de que o urutau é aquela moça da história, é só contar bem explicado pra ele:

— Urutau! Sua mãe morreu!

Ele arrepia as penas e engrola:

— Que bem m'importa!

— Urutau! Seu pai morreu!

Ele arrepia as penas e resmunga:

— Que bem m'importa!

— Urutau! Seu pai morreu!

— Quem bem m'importa! Que bem m'importa!

— Urutau, sua irmã morreu!

O urutau vai ficando impaciente:

— Importa-me lá? Importa-me lá?

E então, jogue a notícia que ele teme:

— Urutau! Seu amor morreu!

Ele desanda numa litania tristíssima:

— Uuuuuuuuuuuuuuu! U-u-u-u-u-u-u! Uuuuuuuuu!

A voz mais amargurada de toda a floresta.

II.
HISTÓRIAS ETIOLÓGICAS DE BICHOS

Porque o urubu não tem casa

Urubu não tinha casa. Fazia seus ninhos nas locas de pedra, em altos píncaros, guardando os filhotes no vão gelado dos baldrames.

Como acontece todos os anos, veio a estação das chuvas, e o Mestre Urubu, no seu terno preto engomado, ficou na chuva. Encolheu os ombros, isto é, as asas, e filosofou:

— Isso é coisa que acontece a todos. Temos que nos resignar.

Aí, lembrou-se de olhar em torno e reparou que não havia nenhum bicho desabrigado.

— Por onde andará comadre Onça?

Foi encontrá-la num oco de árvore grossa, bem de seu, aconchegada, mais a família.

E o Tatu?

Tatu estava num buraco, que ele mesmo fizera com as unhas, à maneira de túnel, ajeitando a entrada com as garras potentes. Virara a portinha do lado contrário às rajadas do vento frio e da chuva.

— Não entra água aí, compadre? — perguntou o Urubu interessado.

— Água? — disse o Tatu. — E a engenharia aqui do velho?

A Perdiz, no seu ninho na moita, com olhinhos de conta, espreitava o cenário.

— Perdiz, passarim à toa — resmungou o Urubu com pouco caso. — Eu, que sou eu, não tenho casa, e essa aí tem.

Urubu viu o ninho da Coruja, no oco, a toca do Guaxinim, a casa de barro do João-de-Barro, a tranqueira da Corruíra.

— Tudo bichim porcaria, nessa lordeza de casa. E eu na chuva. O meu dia vai chegar!

Começou a gritar para os outros:

— Em duas horas, apronto uma casa melhor do que casa de João-de-Barro e do que tranqueira de passarinho do brejo.

Com esse desabafo, se consolou.

A chuva demorou para passar, mas acabou passando. Brilhou novamente o sol, no maior esplendor. A passarinhada piou para todos os cantos a notícia de que Mestre Urubu ia fazer um palácio de dar inveja a quem o visse. E ficaram todos os bichos à espera do que o escuroso ia apresentar.

Mas quedê que o Urubu fez casa?

Fez coisa nenhuma. Tinha vindo o bom tempo, pois não? Era aproveitar. Orgulhoso, altaneiro, planou num voo largo, ocupando o céu inteirinho dele, e clamou para os pássaros, que estavam de longe:

— Quem tem asa, pra que quer casa?

Quando a cutia quebrou a cauda

ACutia determinou dar uma festança de ficar falada na história dos bichos. Todo mundo compareceu. Contam que havia muito animal rabudo, muito cotó e algum derrabado de vez. Veado galheiro estava lá. Já acontecera a briga dos marimbondos com a onça e ele tinha ficado era cotó para sempre. Coelho estava com a família toda, gente rabicó, desde que o mundo é mundo. E a Paca. E a Anta. Os porquinhos deram o ar da graça, de rabinho enrolado, na mais pura elegância. Alguns bichos cumprimentavam para os lados, desviando o rabo do caminho, com muita educação. O Macaco, que estava encarregado da música de dança, bem recortada, subiu a uma janela, deixou a cauda pender do lado de fora e tocava uma toadinha assim, na sanfona de oito baixos:

O fumo é forte, o fumo é forte, o fumo é forte...

— Toca outra! — pediam os dançarinos. — Essa já saturou.

O Macaco abria a sanfona até o fim, dava um tremelique no teclado e tocava e cantava:

Araraquara, Ribeirão Bonito!
Araraquara, Ribeirão Bonito!

E voltava ao estribilho:

O fumo é forte, o fumo é forte!

O baile foi esquentando, a bicharada pulava cada vez mais alto, e, coitados dos rabudos! Era pulo e grito. E a sanfona na velha toada: O fumo é forte, ai! Salta, compadre! Ai! Salta, compadre! O fumo é forte... ai! Aos poucos, os mais vulneráveis foram se encostando, cheios de dores, das pisadelas e dos empurrões. Daí em diante, na sala de baile só bicho derrabado é que dançava. E pula que pula, no ritmo da sanfoninha do Macaco.

A Cutia, que nessa época ainda tinha um rabo de metro, começou a dançar, rodopiando, sapeca que só ela.

— Um dia não são dias! — ela gritava.

Roda pra lá, roda pra cá, procurando um par. Ela já estava meio bebinha e foi dar uma umbigada numa das bailadeiras, pedindo pra dançar com ela no salão. Rodou um pouco demais e deu uma umbigada na parede. No que bateu na parede, cambaleou do lado de fora, escorou o corpo com o rabo e não deu outra: o rabo quebrou.

E desde aí, a Cutia ficou para sempre cotó.

III.
HISTÓRIAS DE MACACO

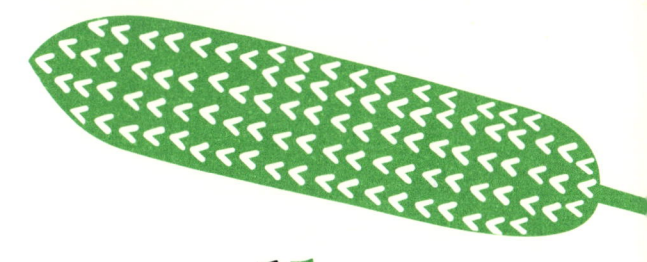

Macaco, olha o teu rabo!

O Macaco é mexeriqueiro e caçoísta. Fica no alto das árvores, dando pulinhos e guinchando, ou então balançando de cá para lá, pendurado pelo rabo, que é a sua quinta mão. Dá risada de quanto animal passa por perto. Da cobra, que não tem pernas. Da borboleta, porque não sabe voar em linha reta. Do bode, porque berra tremido. Do ganso, porque tem mais pescoço do que pernas. Do camarão, porque não tem pernas nem pescoço. Do caracol, porque carrega a casa nas costas. Da coruja e do morcego, porque não enxergam de dia. Enfim, ele ri de tudo e de todos. É assim.

O rabão dele é longo, fino, feio, peludo. Para não o arrastar no chão, ele o suspende, dá uma voltinha na ponta, parecida com um ponto de interrogação. Ele já se olhou nas águas que deslizam nos rios mansos. Já se mirou na circunferência azul-céu que se arredonda no fundo das cisternas.

Já fez muitas caretas, olhando as poças d'água que a chuva deixou em cada valeta do caminho.

Será que se achou feio?

A sua cara grotesca, parecida com a do homem, não o preocupa. A Macaca o acha bonito. É bastante ver nas jaulas como a fêmea contempla com olhar enlevado o macacão peludo e guinchante; ou o filho que, se fosse nosso, nos daria pesadelos. A dona Porca nos conta que o Porco é simpático. O Touro considera a Vaca muito elegante. Quem diz que a Jabota é uma gracinha? O Jabuti. E quem chama o Sapo de bonitão? E quem acha a Tartaruga uma beleza?

Pois o bicharedo protesta sempre que o Macaco, *coça-coçando*, aqui e ali, ri de todos eles.

— Macaco, olhe teu rabo — avisam eles, apontando com dedo acusador o nefasto apêndice.

O Macaco faz uma rodilha bem-feita dessa parte do corpo que o está envergonhando, senta em cima dela e pergunta com a cara mais inocente do mundo:

— Que rabo?!

Macaco jurupixuna*

Pois não vê que, quando vinha a tempestade, o macaco jurupixuna ficava tiritando de frio, encolhido nos galhos, procurando abrigar-se sob as palmas, pois esse bicho nunca fez casa. O abrigo era precário e ficava pior quando a chuva era das miúdas, criadeiras, e durava dias e dias. Ele permanecia encharcado, percorrido de tremores. Mal se arrastava, agarrando-se aos ramos. Parado, o rabo se pendurava escorrido, sem nada da rosca atrevida dos belos dias. Pulos, não dava, que as forças se iam em arrepios. Nesses dias, juntava-se aos outros macaquinhos, igualmente imprevidentes, e todos se lamuriavam em compridos clamores.

* Vamos descobrir em outra história, mais para diante desta, que macaco Jurupixuna, de boca preta, já foi gente. Mas neste momento o que nos interessa é o seu avatar de macaco.

— Nós não temos sorte — bradavam eles, enquanto animais de outras espécies, enovelados e quentinhos nas suas tocas, espiavam para fora, curiosos.

— Ninguém dá um cantinho pra gente ficar... — emendava um do bando, cuspindo um talinho mastigado.

— Estando "eles" no quente, pouco se importam que os outros se molhem e até morram de friagem.

— Que lhes custava chegarem um pouquinho pra lá? — indagavam, continuando a litania.

— Gente egoísta, cada um nas suas casas, nem se lembra de pobre gente sem abrigo.

— Não se lembra! — entoavam os macacos em coro.

— Não podemos! — gritavam os animais. — Não temos espaço. O que ocupamos dá só para a família.

— Não querem, é o que é. Com boa vontade sempre se daria um jeito.

— Por que vocês não fazem casa, como nós fizemos?

— Façam casa! — gritaram todos ameaçadoramente, e, com isso, a capela dos monos lamurientos voltou às boas maneiras.

— É uma ideia — responderam cortesmente, sacudindo as cabeças onde se empastavam os pelos. — É uma ideia. Amanhã vamos fazer a nossa casa.

Até que a chuva passava.

Aparecia um sol radioso, as aves desferiam cânticos de hosana ao Criador, os animais sacudiam os membros entorpecidos e vinham para os caminhos. Os macacos de boca preta, esquecidos de seus bons propósitos, se danavam aos pinchos, casquinando gargalhadas, catando piolhos, e fazendo as mais ousadas acrobacias nos galhos. Quando se sentavam e confabulavam, aos berros, o rabo fazia um ponto de interrogação atrevido. Uns catavam coquinhos, outros descascavam bananas. A vida se transformava numa festa contínua. O sol esquentava, e eles, à sombra, tiravam deliciosas sonecas. Nada lhes faltava. O alimento se pendurava, rico e dourado, nos galhos pesados de frutos. A temperatura era amena, a vida doce. Da bicharada toda, os mais festivos eram os macacos.

— Vocês não vão fazer casa? — gritavam os animais.

— Amanhã! — secundavam os macacos, entusiasmados. — Amanhã!

E vá de pular, de comer, de se coçar.

— Amanhã! Amanhã! Amanhã!

Até que vinha novamente a estação chuvosa, e eles, encolhidos, morrendo de frio.

— E a casa, macaco?

— Amanhã! — respondiam eles.

E até hoje, Macaco Jurupixuna mora no tempo, porque não fez casa.

IV.
HISTÓRIAS DE ONÇA

O bode
e a onça

O Bode e a Onça resolveram fazer casa, cada um de seu lado, porque eles não se davam. Saiu o Bode do curral, meio tonto de se ver em liberdade. E foi pelo mundo afora, campeando um lugar que lhe agradasse. Não demorou a chegar a uma campina verde e reta, com capim farto, aguada, belas árvores de sombra, uma aqui, outra acolá. Deus está me ajudando. Pegou uma foicinha e vuap, vuap, vuap, roçou um bom pedaço, para fazer a casa. A onça passou pouco depois, pela mesma campina. Esquadrinhou as redondezas, considerou as vantagens, a beleza do campo extenso, o sol que batia de chapa, o sossego, tudo, e, para coroar a impressão favorável, deu com aquele quadrilátero limpo, jeitoso, sem altos e baixos, afeiçoado a modo de um quintal. Deus está me ajudando. Arreou as ferramentas, cavou o alicerce e se foi, contente. O Bode apareceu, no outro dia, assobiando e dando pulos e mais pulos. Admirou-se demais, vendo as valetas cavadas. É Deus que está me ajudando. Foi à mata mais próxima, cortou alguns troncos, serrou, aparou, descascou, raspou, deixou tudo empilhado e se foi. E veio a Onça. Até dançou de alegria, vendo os paus no seu lote de terra. Deus está me ajudando. Fincou os paus na terra, pregou em cima as travessas e também se foi. E veio o Bode e fez o trançado para o telhado. E veio a Onça e arrumou os galhos para as paredes de pau-a-pique. E veio o Bode e cortou o sapé. E veio a Onça e barreou as paredes. E veio o Bode e cobriu a casa. E veio a Onça e socou o piso. E veio o Bode e colocou as portas, janelinhas. E veio a Onça e recortou e pregou as tramelas. E veio o Bode. E veio a Onça. E veio o Bode e veio a Onça. E veio. E veio. E veio. Um pintou, outro varreu. Um aparou. Outro calafetou. Deus está me ajudando.

Acabou. A casa estava caiada, nova, branquinha, entre flores, varrida, aconchegante. O Bode mediu com os olhos o trabalho feito. Amanhã eu faço a minha mudança. No dia seguinte, pela manhã, a Onça sentou no banquinho de tronco na frente da casa e suspirou. Ai, ai! Valeu a canseira! Hoje mesmo vou me mudar!

Um apareceu de lá, outro de cá, de tardezinha, com os tarecos num carrinho de mão. E foram dois berros, num tempo só!

— Comadre Onça!

— Compadre Bode!

Num átimo, compreenderam quem era o deus auxiliador.

— É, compadre Bode — filosofou a Onça. — A gente acredita no que convém.

Como o que está feito não está por fazer e cada um tinha construído mais ou menos a metade da casa, resolveram morar juntos. Não de bom grado e não de coração tranquilo. O Bode largou os trastes no chão e bodejou, insolente:

— Comadre Onça, se eu soubesse qu'ocê era a minha comparsa, eu tinha ido *percurar* lote de casa noutro lugar. Mas pensei que Deus estava me ajudando. Assim como assim, nós fazemos companhia um pro outro. Toca pra frente! Arrume seus teréns de um lado; pode escolher, que eu arrumo os meus de outro.

Arrematou o discurso com dois ou três berros tremidos e entrou. A Onça não disse a nem b, embora pensasse que o Bode, além de atrevido, ainda nem sabia falar, o ignorantão. Fungou um pouco, olhou de banda o companheiro e começou a arrumar as prateleiras de panelas, os balaios, as cuias, a esteira, os cipós do varal.

Daí em diante, mal falavam um com o outro. Olhavam-se de soslaio, desconfiados.

Dormia cada um no seu canto. O Bode num monte de palha, a Onça em cima de um jirau. De manhã, saíam para conseguir o pão-de-cada-dia. Aos poucos, foram mudando o horário. O Bode ia de manhãzinha para as pastagens; a Onça passou a caçar à noite, e, assim, jamais se encontravam.

Uma vez, pouco tempo depois, o Bode chegou à noitinha, a Onça já tinha saído; mas no terreiro, estendido, estava um cabritão de bom tamanho, quase bode, todo lanhado, morto. O Bode olhou, sombrio, e, desta vez, foi quem não disse nada. Não disse, mas pensou: *Se a comadre aguentou nas munhecas essa peça, ela tem força pra danar.*

No outro dia, o Bode andou tocaiando uns caçadores, pelo mato. Quando eles mataram uma onça macota, de cara grande, pelo manchado, patas quadradas, o Bode esperou que eles se distraíssem um pouco, agarrou a caça e ganhou o mundo com ela. Bem na horinha em que a Onça ia passando a tranca na porta, para sair, apareceu no quintal da casinha nova, arrastando a monstra.

A Onça fungou, fungou e calou.

O Bode resolveu acabar com essa situação de picuinhas e desaforos assustadores, que acabavam em morte de parentes. E foi com a cara amarrada que falou para a vizinha:

— Escute aqui, comadre Onça! Se nós vamos viver em companhia um do outro, que seja em paz. Eu não caço seus irmãos, a senhora não caça os meus. A saber. Quando eu chegar em casa espirrando, a senhora vai pondo sua barbinha de molho, porque não estarei de bom humor. A senhora fique quieta, nós não discutimos e a minha brabeza, como vem, vai.

— Pois sim, compadre Bode — respondeu a Onça muito espevitada. — Barbicha de molho quem tem pra pôr é o senhor. Eu já estou ciente de suas manias. E até posso adiantar que não acho graça nenhuma nelas. Espirre pra'í, à vontade, que eu cá fico quieta no meu canto. Mas, se eu garrar a bufar, então, fique de olho. É o meu dia.

Cada qual se pôs no seu canto, mais temerosos, mais desconfiados, apesar de toda essa falação.

A trégua não durou muito. O Bode tomou uma chuvarada, resfriou-se e chegou em casa dando cada espirro que o mundo vinha abaixo. A Onça, quando viu e ouviu aquilo, começou a bufar. Um olhou para o outro. O Bode se lembrou do cabritão morto, lanhado de unha. A Onça pensou na onçona pintada, arrastada ignominiosamente pelo terreiro. Eles pularam pra cima e pra trás e saíram correndo cada um para o seu lado.

Se nada os deteve pelo caminho, é capaz que até hoje estejam correndo.

Os sapatos da anta

Anta parou no meio da floresta, com o focinho virado para cima e se lamentou em altas vozes. Não podia ir à casa da noiva. "Noiva rica, da cidade", trombeteou ela. E em seguida escarvou o chão, em sinal de grande desgosto.

— Não pode, por quê? — gritaram os macaquinhos de boca preta, empoleirados no galho de pau.

— Não posso porque não posso — ripostou a Anta, de mau modo.

— Está aleijada?

— Quase.

— Isso é mau — disseram os macaquinhos, voltando a pular nos galhos, já desinteressados da infelicidade da comadre.

Ela tentou fazê-los voltar à sua tristeza.

— Nem sapatos, nem dinheiro para comprar dois pares, que é o que preciso. Quatro sapatos. De preferência, botinhas, que estão na moda. E de preferência mosqueados.

— Isso é mau — repetiram os macaquinhos, cujo vocabulário todos sabem que é reduzido. — Nós não temos dinheiro, nem sapatos, e nem nos importa. Também não temos pés, mas um excesso de mãos. Quatro mãos. Mosqueados? A senhora falou? Ah! Nós sabemos quem anda de sapatos mosqueados na floresta. Ainda ontem ela passou por aqui muito bem calçada...

— Quem?

— A Onça.

A Anta não quis ouvir mais nada e saiu em demanda da Onça e de seu duplo par de botas mosqueadas.

Era mesmo. A Onça estava deitada embaixo de sapucaia, descansando de um lauto almoço, quando a Anta chegou.

— Pois não vê, comadre Onça — ela foi dizendo. — Pois não vê que eu precisava muito de dois pares de botinhas, para ir bem elegante visitar a minha noiva.

— E daí? — perguntou a Onça, engatilhando uma recusa.

— Daí, que se fosse possível a comadre me emprestar...

— De jeito nenhum! — retornou a Onça, enfezada. — Coisas pessoais, como sapato, não se emprestam. Depois, você enfia essa lancha de pé nas botinhas e alarga e escangalha...

— Deixe disso, comadre! Meu pé é até menor do que o seu.

— Pois não é o que eu digo? Você põe esse pezinho nas minhas grandes botas e entorta tudo.

— Ora, comadre, é só por um dia. Um dia não são dias. Hoje por ti, amanhã por mim. Algum dia, eu posso lhe prestar algum favor. Aqui no mato, se não formos unidos, lá vem o bicho homem...

— Chega! — bradou a Onça. — Leve as botas!

— Sem má vontade?

— Dê o fora daqui, antes que eu me arrependa.

E assim, a Anta foi, chibante, para a cidade visitar a noiva. Foi no primeiro dia, gostou. Foi no segundo dia e gostou mais ainda. No terceiro, ficou com pena de devolver uns sapatos tão jeitosos e que toda a gente achava bonitos. Daí em diante, quando via a Onça, cortava volta.

Nesse meio-tempo, estrelejou no mato a notícia do casamento da Boiuna com a filha da rainha Luzia. Todos os bichos foram convidados. Foi uma aprontação sem fim. O Pavão acendeu os olhos verde-azul-dourados, da sua roupagem mais bonita; Tucano afiou a bicanca; Pixuna deu lustro no fraque preto de ver-a-deus, Cobra coral passou mais uma demão de tinta no preto-branco-vermelho das listas; todos os bichos de pelo, os de pena, os de couro liso, os peixes, os miúdos, os insetos, como o Louva-a-Deus e a Lavandisca, tudo ficou tinindo de bem tratado e de enfeitado pra ir à festa. Só a comadre Onça não podia ir, porque tinha emprestado os sapatos para a Anta. Não adiantava passar a escova nas pintas, nem tomar banho demorado de rio. Procurou a fujona da Anta e nunca mais que a encontrava.

Passou o casamento e ela não foi.

Agora a Anta não caça mais, come só milho roubado, porque tem medo de encontrar a dona dos sapatos e se sair mal.

A Onça, por sua vez, descalça, tem vergonha de andar no meio do povo, de pé no chão; caça somente de noite, depois que os outros bichos de grande porte foram dormir.

A briga da onça com o tatu

No tempo em que os animais falavam língua de gente, dava bem pra entender a conversinha deles. Foi nesse tempo que a Onça começou uma briga com o Tatu. Principiou com discussão braba e recado malcriado. "Diga praquele crila que eu vou lá e arranco o corpinho mirrado dele de dentro da casca. E que não vá correndo pro buraco, onde eu não alcanço, que isso não é papel de macho valente. É pra me enfrentar no limpo, de homem pra homem." O Tatu só resmungou dentro da carapaça: "Esse Bicho-Onça, porque é grande, está pensando que é dois. Nem meio, colega, nem meio". Com o que a Onça se danou e quis uma guerra de verdade, tribo contra tribo.

— Pois ela que escolha a companheirada.

E escolheu mesmo. Caprichou.

Uma Irara-Recadeira veio contar que a Onça tinha alinhado pra luta o coronel Jacaré-da-Boca-Larga. Jacaré não é povo d'água? Às vezes é, às vezes não é. Ele se vira muito bem no seco. O major Caititu vinha com o bando todo. E vinha a tribo inteira dos veados corredores: o Campeiro, o Galheiro, o Bororó de pelo vermelho queimado, chamado também Copororoca e Mão-Curta; o Branco, o Guarapu, o Negro, o Canela, o Catingueiro, o Suçuapara, o Guaçuetê. Até Cachorro-do-Mato vinha. Até Touro-Brabeza. E vinha por inteiro a parentela da Onça: a Onça-Jaguar, a Onça-Pintada que é a Jaguarapinima; a Onça-Preta de nome Jaguaretê-Pixuna; a Onça-Vermelha dita Suçuarana; o Jaguarandi por apelido Gato-Mourisco; a Jaguatirica por alcunha Maracajá; a gataria toda.

O Tatu encarou a Irara-Recadeira, nem um pouco assustado:

— Falta onça aí, e sem elas a comadre não vai ganhar.

E como a Recadeira arregalasse os olhos, sem compreender que animal faltava, o Tatu enumerou rapidamente:

— Faltam as onças de assombrar. As encantadas. A Onça-Boi, de casco bovino. A Onça-Borges, que amedronta os campeiros. A Onça-da-Mão-Torta, de couro enfeitiçado, onde bala não entra. A Onça-Maneta, que é assombração. Pode ser até a Rã-Jaguaretê-Cunaguaru, que mora em cima da árvore e vira onça, de noite*.

* Mário de Andrade, em *O turista aprendiz*, registra essa receita mágica: "Gosma de rã jaguaretê-cunaguaru dá felicidade pra caça e pesca. Primeiro se bota cinza ao pé da árvore em que a rã mora (a cunaguaru só mora em cima das árvores), porque, se no outro dia tiver rasto de onça na cinza, então é porque essa rã é mesmo das que têm a faculdade de virar onça de noite, é jaguaretê de fato. Dessa é que se tira a gosma". ANDRADE, Mário. O turista aprendiz. São Paulo: Livraria Duas Cidades, 1976.

E concluiu:

— Ela que fique com os grandes. Eu sou pequeno, dá bem pra notar; e vou convidar os miúdos.

Tatu arrematou com uma risadinha, ih, ih, ih, ih, ih, e se encafuou no buraco.

A Onça pensou que os pequenos do Tatu eram os ratos, a Preá, a coelhada, a saparia, algum passarinho mais bobo, morcego, que nem consegue abrir os olhos de dia. Mas o Tatu tinha feito o seu plano. Ele havia realmente escolhido os miúdos e convocou o povo quente e ardido das vespas (chamadas cabas pelos índios) e completado com os marimbondos. E marimbondo é meio primo das vespas. O que um faz, outro faz. Onde assiste um, assistem outras. É um povo bravio, zangado. Ainda por cima tem asas. E ainda por cima, quando começa uma encrenca, é unido. Vieram todos, sem faltar nem um: os pequenos, os grandes, os pretos, os vermelhos, os amarelos, os rajados, os que fazem caixa no chão, os de cupim, os dos paus. O povo inteiro de ferrão apareceu para ajudar.

A sarabanda começou e foi o maior combate já visto no mato.

Contra os enxames, não adiantavam mordidas, patada, coice, tapa, botes, bufos, xingos, bramidos, urros. Os grandes não acertavam nunca, ao passo que a miuçalha não errava uma e não perdia um soldado. Os veados que, antigamente, antes dessa guerra, possuíam belas caudas longas, peludas, como as das raposas, entraram no combate agitando-as, como penachos, o que equilibrava mais ou menos a luta, nessas alturas já perigando para os quadrúpedes.

As falanges voadoras eram estas: Vespas: Mora-Longe, Arapuá, Vespa-Caçadora que é o próprio Cavalo-do-Cão; a Caba-de-Ladrão, a Vespa-Dourada, a Vespa-de-Casaca--Amarela, a Maria-Rita, a Beijucaba, a Mangangá, a Mandassaia. Marimbondos: Marimbondo-Cortador-de-Cabelo, o Amoroso, o Caboclo, o Cachorro, o Marimbondo-Cavalo, o Caçununga, o Marimbondo-de-Chapéu, e tudo o mais que já foi chamado maribondo, maribundo e marimbondo.

A cauda-penacho dos veados fazia estragos. Onde batia uma rabada eram centenas de insetos postos fora de combate.

Reuniram-se os *migs* suicidas, em nuvens, fora do alcance dos herbívoros. Os marimbondos se assanharam, porque nesse instante entravam no campo de batalha os Marimbondos-Cortadores-de-Cabelo. Vinham numa nuvem voadora sobre a cauda dos veados e zás, cortavam-na rente. E foi assim, de um em um, até que todos ficaram sem o temível apêndice. Os insetos pousaram nas árvores e riram até chorar. Era muito engraçado ver aquele bicharedo todo, tão grande, tão aguerrido, tão empolado, só com um cotoco de rabo. É por isso que, até hoje, veado é bicho cotó.

Com essa estratégia tosa-rabo, os quadrúpedes sofreram uma vergonhosa derrota. Corriam o quanto podiam, para tentar livrar a pele. Corriam, agitando-se e pulando, e se encafuavam na primeira toca que encontravam. Foram todos perseguidos e enxotados. Uma vergonha. A Onça, que estava escondida atrás das moitas, deu uma espiada para fora. Os marimbondos pegaram a cara dela e a deixaram quadrada, com inchume de todo o lado. E inchada e quadrada está ela até hoje. O Tamanduá levou tanta ferroada que foi obrigado a fechar os olhos. Por isso é que ele tem os olhos miudinhos. E assim, o Tatu ganhou a briga.

Onça é bicho besta.

Onça é bicho besta. É desta maneira que Darcy Ribeiro termina o conto recolhido em 1950, entre os índios Kadiueu*.

Entre os índios, onça não goza de boa reputação. Na tribo, reserva-se-lhe sempre um papel mesquinho. Não é querida, nem sequer tolerada. Em todos os contos em que aparece, o fracasso é dela. Ela simboliza a força bruta, cega, estúpida, violenta. Derrota-a a astúcia do coelho, do sapo, do macaco e do tatu, pequenos e ardilosos.

Onça é mamífero carnívoro do gênero felino, sendo a mais vulgar e mais conhecida no Brasil a *Felix Onça, Linn*.

A lenda da criação do Uitoto, do Rio Chorero, no Içá Colombiano, faz menção do marimbondo cortador de rabos. Contam que, no começo do mundo, os marimbondos se levantaram cedinho, antes de o sol aparecer; postaram-se numa encruzilhada e

* *In* "Insetos no Folclore", op. cit.

aguardaram a saída de todos os animais que dormiam nas locas, em árvores, em galhos secos, em cupins, sob as folhas e em meio às moitas. Cada animal que saía, o marimbondo lhe cortava a cauda. E aí o sol apareceu e os marimbondos se recolheram. Bicho que dormiu muito e saiu da toca atrasado, não encontrou mais os marimbondos e ficou rabudo.

Em *O Livro da Selva*, de Rudyard Kipling, há um episódio da luta entre os maus lobos vermelhos e uma imensa colmeia de vespas, um combate memorável, que assombrou toda a jângal. E há uma cena de luta e de fuga do chefe, um de rabo cortado, valentão, completamente desmoralizado pela chusma dos pequenos inimigos.

Além de estúpida e mal-intencionada, as histórias são arranjadas de jeito que a onça é sempre malsucedida.

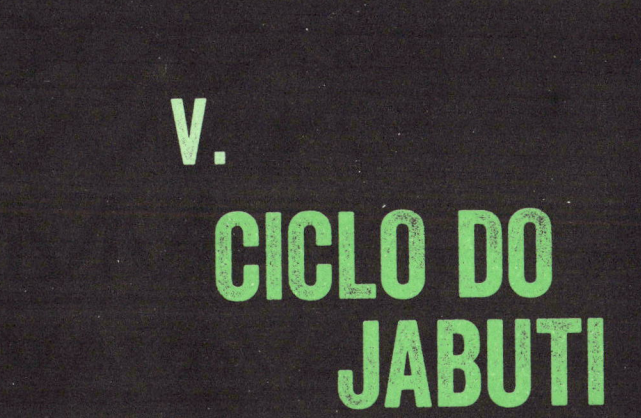

V.

CICLO DO JABUTI

A flautinha
do jabuti

Um índio foi andando pelo mato. Passou perto de uma toca, ouviu um som bonito, firirin, firirin, firirin... Assuntou, conheceu a musiquinha de flauta de bambu, calculou quem poderia morar naquele buraco de pau e chamou:

— Jabuti! É você?

— Sou eu, meu compadre! — veio a resposta em voz fininha lá de dentro.

— Vem tocar aqui na porta. Está um dia lindo e todos os bichos começaram a orquestrar as cantorias.

— É pra já, meu compadre.

Jabuti pôs a flautinha embaixo do braço e veio, na vagareza que é o natural dele, pende daqui, pende dali, até chegar na entradinha da toca.

Daí, o home, plaf, mandou um safanão nele, que o tal flautista virou com as patas pra cima e ficou esperneando. Os quatro pezinhos traçavam arabescos no ar, enquanto o pescoço enrugado se espichava e se encolhia, no esforço de se endireitar. Mas o desinfeliz nunca mais que podia ficar de pé. O índio o agarrou sem cerimônia, enfiou-o dentro de um saco fundo, com flautinha e tudo, jogou-o nas costas e se tocou pra casa. Lá, o músico foi guardado numa caixa, com uma tranca segura.

O homem comandava:

— Toque a flauta, compadre, que nós queremos ouvir.

O Jabuti tocava, firirin, firirin, firirin... todo santo dia. A criançada ficava ouvindo, enlevada, e nem se aborrecia de escutar sempre a mesma toada. Até que o homem precisou fazer uma viagem que duraria dias. Chamou os meninos, encomendou tarefas, ordenou que a mulher tomasse conta de tudo e, em especial, do Jabuti.

— Compadre Jabu fica aí mesmo, trancado na arca.

— Ele morre.

— Não morre, não. Tem a vida segura dentro daquele casco empedrado. Mas, cuidado. Jabuti é bicho danado de esperto. Não vão escutar o que ele fala, ele enrola vocês. Ali, debaixo da casca, ele tem uns três quilos de astúcia.

À saída, ainda recomendou:

— Ninguém dê confiança pro Jabuti!

— Não, pai.

— Abrir a tranca, de jeito nenhum, senão meu compadre caça jeito de ir embora.

— Arre, pai! Não precisa encomendar tanto. Ninguém vai mexer com aquele bicho. A gente só quer mesmo é escutar a musiquinha dele.

O pai foi. Os indiozinhos sentaram perto da arca para usufruir o som mágico. E o Jabuti tocou bonito como nunca.

— Toca mais, meu tio! Nunca ouvimos canções tão lindas!

— Onde anda vosso pai? — perguntou o flautista cautelosamente. — Há que tempo não ouço a fala dele nesta casa.

— O pai foi viajar. Capaz que não volte hoje.

— E a vossa mãe? Ainda que mal pergunte.

— Pergunta bem, meu tio. Nossa mãe foi lavar roupa no córrego, longe daqui.

— E vocês estão sozinhos?

— Estamos, mas se o senhor tocar a sua flauta, nós ficamos contentes, como ficamos na presença do pai e da mãe.

Mestre Jabuti deu uma risadinha.

— Do que o senhor está rindo?

— Eu? Não estou rindo, não. Vocês acham mesmo bonito o som da minha flauta?

— Muito!

Mestre Jabuti riu mais, deu mesmo muita risada, macia, velhaca, disfarçando.

— Ah! — fez ele, pondo uma nota de pouco caso e de comparação na voz. — Ah! se vocês vissem...

— O quê? Outro flautista melhor?

— Melhor do que eu? De modo nenhum!

— Então o quê?

— Ah! Se vocês me vissem dançar! Aí então é que podiam contar maravilhas.

— É mesmo? O senhor dança tão bem assim?

— Mais do que vocês pensam. Nijinski perto de mim é pinto. E dou um banho de coreografia no Barishnikov. E danço até mais do que o Fred Astaire.

— Ah! O quê! Tanto assim?

— É a pura verdade.

— Então dance pra gente ver. Nós espiamos por esses buraquinhos que o senhor tem aí na caixa, pra respirar.

— Não dá! Preciso de espaço.

Os meninos confabularam.

— E se a gente soltasse o Jabuti um pouquinho só? Cinco minutos? A gente fica de olho nele.

Soltaram o Jabuti.

— Pode dançar à vontade, mestre.

— E se o pai de vocês chegar? Eu não quero me arriscar a levar uma tunda mestra e ficar todo moído. Vão espiar na estrada, se o pai vem vindo.

Os meninos se consultaram novamente.

— A gente vai e volta correndo. Jabuti é bicho lerdo, anda numa vagareza monstra. E é velho. Se tentar escapar, a gente corre atrás dele e pega outra vez.

Foram.

Quando voltaram, dali a um átimo, para onde fora o Jabuti? Procura que procura, não o acharam.

— E agora? Pai chega, descobre que ele fugiu e acaba com a nossa raça.

— Pior é se mandar a gente embora de casa, por esse mundão escuro, por aí.

— Tem nada, não, mano — disse o mais inventivo. — Vamos pintar uma pedra, e fica igualzinha ao fujão.

Pintaram. Pintaram e não adiantou nada. O pai logo descobriu a tristeza dos meninos, a fuga, a tentativa do logro, porque pedra pintada não toca flauta.

— Besteirinha de vocês, seus pilantras. Admito que podem me mostrar o que não está aí. O difícil é fazer escutar o que ninguém toca.

O índio saiu porta afora, tinindo de raiva, à procura do espertalhão. Nunca mais o encontrou, embora tivesse visto muitos parentes dele. Cada vez que o chamava, no meio da estrada, no brejo, na boca das tocas: "Compadre Jabuti!". Fosse onde fosse, uma vozinha fina, fanhosa, de velho, resmungava: "HUM!", mas, para tristeza do índio, nenhum deles era aquele.

O jabuti, a onça e a anta

Jabuti gostava demais de ficar embaixo de um jambeiro. Dava um pé de vento e chuvindinha jambo maduro, que o cascudo, lepo! passava para o peito. Mas um dia apareceu a Anta e acabou com a alegria dele. Aí era ela que pulava, mais alta e mais forte, empurrava o companheiro e comia todos os frutos. E ainda por cima lhe jogava os caroços na cabeça. O Jabuti armou um tendepá danado por causa disso. Pá de cá e pá de lá, ela lhe deu uns esbarros e ainda pisou em riba dele com aquele corpanzil pesado de mais de cem quilos. E lá ficou o compadre Jabu afundado no barreiro, ser ter maneira de sair. Os bichos que passavam pouco se importavam com ele. Homens iam e vinham e nem viam a carapaça, parecendo morta, em meio do tremedal. Mas jabuti é bicho de sustância muita, tanto vive na terra como na água, e como na lama, que é mistura dos dois. Também é paciencioso, fino, astuto, vagarento. Sabe o que quer, para onde vai e não tem pressa... Esperou virem as grandes chuvas.

A enchente alagou tudo. A várzea se transformou num lago, e o bicho foi solto da visguenta prisão. Nadou lentamente para a floresta. Cada animal que encontrava levava um recado seu para a Anta. "Faça o favor de dizer praquela enxerida que eu não sou pedra pra viver enterrado. Que eu me soltei e vou indo. Devagar, eu chego."

A Anta escutou os recados e revidou:

— Aquele isca, aquele porqueirinha... Eu piso em cima dele e enterro no chão, só com o tamanho do casco e o peso do corpo... Ele não se enxerga? Não vê que sou forte? Vem vindo? Dou um chute nele, que ele vai parar longe. E ainda arrebenta em qualquer pedra a cabeça sem juízo.

O bicharedo, principalmente o miúdo, que não aguentava briga, caía na risada: quiá! quiá! quiá! com eco na floresta inteira.

E o obstinado quelônio vinha que vinha. Na vagareza. Como quem sabe que contará com mais de cem anos de vida e que, mais cedo ou mais tarde, acontece o que tem de acontecer.

E assim foi até que deu com a Anta, dormindo embaixo de uma jabuticabeira-sabará, cheio o bandulho de frutas pretas, relumeantes de maduras. Opa! — exclamou. — E dormindo!... — Armou um pulo e caiu no pescoço da bruta, um pouco abaixo da tromba, mas fora do alcance desse apêndice, perigoso para ele, e longe dos cascos, dos quais já conhecia o peso. Usando as unhas e mais os dentes, ficou agarrado como um carrapato. A Anta acordou, deu um pulo no repente, e, procurando se livrar, sapateava, esperneava, dançou miudinho por algum tempo, sacudiu a cabeça, deu lambadas com a tromba. E o Jabuti incrustado. Ela correu para o rio, esquecida de que Jabuti é bicho d'água também. Ela se pinchou n'água, como uma rã gigante. E o Jabuti grudado. A Anta nadou pra cima e pra baixo, cansou, afundou. Afogou-se. Então, o Jabuti foi rebocando aquele monstro de animalão até a margem, ajudado pelos peixes, e cantou vitória, diante da bicharada reunida.

— Conheceu, papuda? Eu não disse que vinha? Eu não disse que vingança de Jabuti tarda, mas não falta?

— Uai, gente! Jabuti é bom mesmo.

A Onça, quando viu o rebu, foi se achegando macia no seu demorado ondear, pata de trás no rastro da pata dianteira sem rumor nenhum. Arreganhou a dentuça e falou:

— Ei! Meu compadre Jabu! Vamos repartir a caça? Pra comer tudo, seu tamanho é pouco. Pra lidar com um bichão assim é muito dificultoso. Eu escorcho o pelo, arranco a cabeça, esquartejo, moqueio, e, em paga, você me dá a metade.

— Trato feito!

— Então vá lenhar uns feixinhos, pra acender uma fogueira, e eu já começo o serviço.

Jabuti foi cumprir a tarefa. Catou graveto, pau seco, atou com cipó e voltou. Mas, aí, cadê a caça? E a Onça, onde tinha ido parar? O desinfeliz conheceu que tinha sido logrado e jurou:

— D'estar! Anta pagou o que fez, Onça também vai pagar.

Continuou a sua vidinha vagarenta, comendo frutinhas e tocando flauta, que ele mesmo fez de bambu. Na espera. Ele tem tempo de esperar, tem vida longa pra esperar. Tem paciência. Nas suas idas e vindas, certo dia, encontrou o Urubu.

— Mestre Urubu — ele disse —, estou querendo ver o mundo lá de cima. Quem sabe o Mestre pode me pôr na forquilha de algum pé de pau, bem alto?

O Urubu olhou pra ele de banda e replicou:

— Vá tocar a sua flautinha noutro lugar e me deixe em paz. Eu ponho você lá, aí você quer descer e eu tenho que trazer. É muito trabalho. Lugar de bicho sem asa é no chão.

Passou o Macaco, nesse momento.

— Macaco, eu queria muito ver o mundo lá de cima, de onde vocês bichos das árvores veem todas as coisas. Quer me levar para o pé de pau mais alto destas redondezas?

— Como não, compadre! Vamos lá!

Agarrou o Jabuti e o largou na forquilha do mais macanudo de todos os jacarandás que descobriu.

— Agora você fique aí e se arranje como puder pra descer. Que eu não sou avião de Jabuti nenhum.

Jabuti não se importou. Ele pode passar um bom tempo sem comer e sem beber, e já tinha ficado meses no barro.

— Faz mais um favorzinho pra mim, compadre Macaco. Diga pra Onça onde estou. Que aqui estou seguro. Ela não é capaz de subir tão alto.

Com esse recado provocante, foi a conta. A Onça apareceu.

Chegou bufando e ameaçando:

— Você falou que ia assar e acontecer foi pra Anta. De mim, até fugiu, subindo não sei como nesse pau. Fique sabendo, seu cascudo, que eu subo em qualquer árvore e vou aí pra lhe dar uns safanões e até pra comer essa carne sua, de segunda.

— Daqui não saio, sá Onça.

— Desce ou eu subo.

— Não precisa subir. E já que vou ser comido de qualquer jeito, abra a boca e eu pulo dentro da sua goela.

A boba da Onça abriu a boca.

O Jabuti pulou das alturas, com aquela carapaça dura como pedra, entrou pela boca da Onça com tanta força, tapando-lhe a garganta, que ela ficou sufocada e morreu.

Os ovos da jabota e da tartaruga, e a carne do próprio animal, com a casca já servindo de panela, pois que assada ali mesmo, participam ativamente da culinária indígena. No Vale do Paraíba houve tempo de jabuti. Não há mais. O desalmado costume era jogar o bicho vivo na panela de água fervendo, para depois tratar de lhe tirar a casca.

Dizem os índios que a força bruta sem a esperteza não vale nada. E alguns escritores já comentaram que não há ódio pequeno. Qualquer ódio é enorme. "O Elefante odiado por uma Formiga corre perigo."

Como a Tartaruga do folclore negro, o Jabuti indígena é vagaroso, débil e calado, o que talvez justifique a sua fama de valentão e manhoso. Aparece como vingativo, o que vemos nas histórias em geral. Há um verdadeiro ciclo do Jabuti, com essas qualidades, embora saibamos todos que ele é inofensivo e jamais ataca. Entretanto, é por meio de contos do Jabuti que o ameríndio demonstra que acredita na prevalência da inteligência sobre a força.

Jabuti é um réptil anfíbio, quelônio, mais terrestre que aquático, de casco escuro, em arco fechado. Este é caracterizado por escudos ósseos que lhe cobrem todo o corpo, concha ou casca, na parte superior, couraça, na inferior. É o *Testudo tabulata, Spix*.

O nome vem de YAUTI, palavra de língua geral, segundo informe de Charles Frederick Hart.

Além de manhoso e valentão, na mitologia ameríndia, o Jabuti é finório, habilidoso, bem falante. Não se sabe de onde vem tal fama, que corre parelha com a fama da tartaruga entre os negros jejes e iorubanos.

Vejam-se as histórias de Jabuti, de Couto de Magalhães.

Conta-se, como também ocorrida com o Jabuti, a velha história do animal lerdo que corria pelo meio do mato, enquanto o ligeiro corria pela estrada limpa. Isso aconteceu, conforme o folclore de vários povos, com o sapo e o veado, a lebre e a tartaruga, e outros bichos antitéticos quanto ao ritmo. O conto é claramente moralizante: alude a todos aqueles que perdem a corrida da vida, por excesso de confiança em si mesmos, por pretensão e vaidade.

O conto em que o Jabuti afoga a Anta se repete na lenda do Jacurutu, gigante antropófago. É assim: o avô da tartaruga, que tinha o casco pegajoso, ao ser pisado por esse monstro, arrastou-o para o fundo do mar, afogando-o.

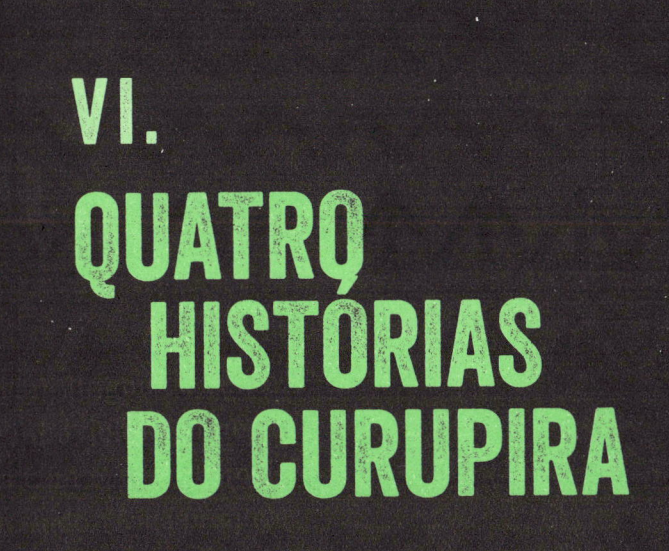

VI.

QUATRO HISTÓRIAS DO CURUPIRA

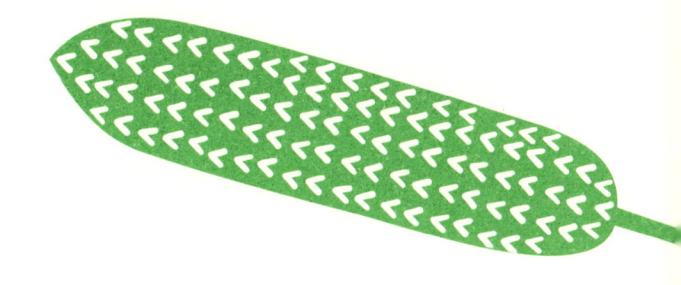

I

Dois compadres iam sempre juntos para o mato, lenhar. Levava cada um o seu machado, e cortavam os galhos mais baixos, geralmente, respeitando as árvores. Saíam, "mal no horizonte a aurora descerrava a cortina do dia, com seus dedos de rosa"*. Nacionalmente, sabiá-laranjeira modulava cantigas. Mato brasileiro, com arranha-gato, aroeira, que dá uma coceira desesperada; cipó-de-são-joão, fingindo lançadas de coral nas moitas ralas e proclamando com sua presença que o frio tinha chegado. A simaruba, o mata-pau, embaúva, que é mato de todas as terras, coqueirinhos aqui e ali, sangue-de-andrade, e um mundaréu de borboletas amarelas.

 * A frase é de Homero, na *Ilíada*.

Naquele dia, um dos compadres não foi. O outro desceu sozinho. Pareceu-lhe que o mato estava diferente, ouvia sussurros, estalos de folhas secas, um riachinho correndo tranquilo entre pedras, cautelosos passos de algum gato do mato voltando da caça, voos silenciosos de pássaros noturnos se recolhendo à ameaça da luz do dia. O vento. Frio de doer. Era o começo cinzento de um dia como os outros, e de outra jornada sempre igual. As juntas lhe doíam, ao apertar o cabo do machado. O sol ainda ia levar um século para despontar e esquentar. De qualquer maneira, quando se entrava na floresta era sempre noite.

Por isso, ele não percebeu imediatamente a visagem. Foi preciso firmar bem a vista, duvidando de si, não era possível estar vendo essas coisas. Atrás dela parecia que vinham trotando todos os bichos do mundo, grandes e pequenos, de penas e pelos, comedores de erva, carniceiros. O coração do lenhador disparou. Ah! Era o Caipora, Pai-do-Mato, de que tanto se falava, nas horas calmas de contar histórias.

E enquanto a coisa crescia, à medida que chegava mais perto, o lenhador, petrificado, teve tempo de ver bem como era.

Cor? Verde, da cabeça aos pés, como uma estranha planta semovente. Grande. Alto. Membrudo. Pelos ásperos, cerdosos, por todo o corpo. Braços compridos, quase tocando o chão. Focinho, como de cachorro do mato. Orelhas curtas, em pé, de ponta fina. Dentes caninos, graúdos, as pontas para fora. Que se dizia dele? Que dá risada como qualquer pessoa. Que fuma um cigarro de palha e pito de barro. Que persegue quem estraga as plantas e mata o bicharedo, sem necessidade. Por matar.

Ah! O Caipora. Pois era ele. Tinha os dois pés virados com os dedos para trás e os calcanhares para a frente. Não diziam que era castanho, de pelos arrastando no chão?

Esse era verde. Um verde de lago. De montanha próxima. De água parada. Verde de pupila de onça enraivecida. O homem tremeu. Então, inesperadamente, o Caipora perguntou:

— Tem fumo aí, siô?

— Eu? Fumo?

Reparando bem, os olhos da esquisita criatura tinham lampejos de alegria. Pareciam refletir verdes folhagens. Pareciam luzir pirilampos em campos soturnos. E eram bons.

— Tem fumo? — repetia o assombrador num ronco surdo, estendendo a mão peluda.

Aí o homem parou de tremer. Quem sabe aquilo seria apenas feio, cabeludo, caçador extraviado? Há muita gente estranha no mundo. E feiura, afinal, não é crime, é infelicidade.

Ainda assim, não conseguia falar. Acenou que sim, abriu a borjaca, retirou o naco de fumo e o estendeu.

O Caipora, mais que depressa, agarrou o fumo e saiu trotando, com toda aquela bicharia atrás.

O homem saltou de lado, para dar passagem, reparando no rastro que se imprimia ao contrário, pra cá, enquanto o dono das pegadas corria pra lá, tudo encoberto em seguida por outros bichos que corriam empós: cachorros-do-mato, paca, caititu, anta, capivara, jaburu, o melancólico, e um pouco acima, como um pálio, a macia revoada das rolas.

— Vam'trabalhar — o homem resmungou. — Arre, que não ganhei pro susto.

Voltou tarde nesse dia, com o carrinho pesado de lenha boa, de lei, que tinha encontrado nem sabia como. A alma, essa estava leve. Uma estranha alegria lhe entrou no coração. Pôs-se a cantar, um pouco desafinado pela falta de hábito. A cantiga saía fácil, boa, fluindo como água de córrego.

— Alegre, hein, companheiro?

— E então? O dia foi rendoso. Está quente. Tenho saúde. Deus me ajudou.

No outro dia, desmanchou um dos feixes de lenha, para acender o fogo na caieira e fabricar o carvão que ia vender na cidade. Os troncos eram lisos e bonitos, com nós de caprichosos desenhos, tão agradáveis à vista, que o seu coração se aqueceu de novo. Acendeu um bom fogo. A lenha demorava crepitando, não acabava de queimar. Quando, afinal, apagou com água as brasas vermelhas, o carvão continuou cintilando em negro brilho, e ele conheceu que a mão de um deus benévolo havia tocado nele nesse dia.

Pois o homem apareceu vendendo carvões brilhantes, com o que se alvoroçou a vila.

— Isso é de muito valor, moço.

— Quer comprar?

— Não. Sei lá se foram roubadas.

— Que é isso? Eu sou lenhador. Fazer carvão é o meu ofício. Então eu lá preciso roubar carvão?

— Onde achou isso?

— Pra falar a verdade, não achei. Queimei a lenha, e sobrou este carvão no meio.

E o homem contou a viagem daquele dia, o encontro com o bicho dos pés virados.

— Ah!... — disse o outro, cogitativo. — É o Pai do Mato.

— Acho que era. Mas eu tenho alguma coisa nenhuma com Caipora? O bicho enfeitiça e persegue quem anda no mato.

— Nem todos. Você deu fumo para o pitinho dele. Ganhou uma fortuna. Sorte sua.

Pelo sim, pelo não, esse lenhador não foi mais à floresta. O antigo companheiro, que tinha ouvido falar do que enricou, foi procurá-lo. Tentou arrancar-lhe o que supunha um segredo, e ouviu uns grunhidos e umas desculpas:

— Não. Não me deu nada. Eu é que penso que a minha sorte foi por causa do encontro. Mas não tenho certeza.

E nisso ficaram.

E foi um dia, o outro andava com um carrinho pelos caminhos, e escutou um trote. Passou uma espécie de animal estranho de pés com a ponta para trás, e nas pegadas dele um mundaréu de bichos, todos correndo e barulhando. Ele!

O homem correu atrás, gritando, até que o Pai do Mato parou. Tremia o lenhador, de avidez, de ganância. Tangido por essas paixões, foi logo perguntando:

— Pode me dar aquele carvão? Eu tenho fumo aqui, no bornal. Tenho bastante.

A cara do bicho escureceu. Dos seus olhos saíram chispas verdes. Foi até o imprudente lenhador, deu uma sacudidela nele e o virou com o lado de fora para dentro.

Se ele não morreu ainda, deve andar por aí, nos matos, abaixo e acima, caçando o de-comer, e assombrando o mundo, virado pelo avesso.

O Caipora é mito existente em todo o Brasil. É um ente fantástico, demoníaco, cruel para com os que não o atendem. É representado ora como mulher unípede, o Caipora fêmea, ora como um tapuio encantado, nu, que fuma no cachimbo — este último na área de Maranhão a Minas. Manoel Ambrósio* dá a notícia, no Nordeste, de um caboclinho com um olho só no meio da testa, descrição que nos faz lembrar os ciclopes gregos. Também aparece no Paraná como um homem peludo, que percorre as matas montado num porco-espinho.

* AMBRÓSIO JR., Manoel. No Meu Rio Tem Mãe D'Água — Folclore do Vale do São Francisco. Belo Horizonte: Imprensa Oficial, 1987.

No Vale do Paraíba, estado de São Paulo, ele é descrito como um caçador façanhudo, bastante feio, de pelos verdes e pés virados para trás.

Outro nome do Caipora, ou Caapora, é Curupira, protetor das árvores, chamado assim quando apresenta os pés normais. Em algumas regiões, há fusão dos dois duendes, em outras eles coexistem. O mito emigrou do Sul para o Norte, conforme conclusão dos estudiosos. Existe na Argentina o mesmo duende, como um gigante peludo e cabeçudo. Couto de Magalhães aceita a influência platina no nosso Caipora.

Neste conto brasileiro, o duende vira ao avesso o caçador. Também é comum, principalmente em Minas e São Paulo, o castigo de matar de cócegas aquele que não tem fumo para contentá-lo.

A palavra Caipora ou Caapora vem do tupi: caa-pora, habitante da floresta. O Caipora, ou Pai-do-Mato, é protetor da caça e reina sobre todos os animais. É mau espírito. Infelicita os que encontra, quando não lhes dá tremendas surras. Deparar o Caipora traz consequências desagradáveis. Por extensão, passou a lenda a considerar qualquer encontro com o Caipora como causa de infelicidade. Daí: caiporismo = má sorte.

Nosso conto, que contém as principais especificações do mito, acusa duas contaminações:

1. do mito do Saci-Pererê, demônio dos caminhos, que exige fumo. Silva Campos, na Bahia, registrou um Caipora de uma banda só, como o Saci. Por todo o Nordeste, o Caipora, à maneira do Saci, fuma e assobia.
2. Confluência das histórias de dois compadres, com a apresentação de estereótipos: um compadre bom e generoso e o outro tão desonesto quanto mesquinho. A justiça se

faz com a premiação do compadre bom, que é sempre o pobre, ou, pelo menos, o mais pobre.

Quem não conhece a engraçada história dos dois corcundas, na Europa, e dos dois papudos, no Brasil?

Consultem o número 1553, "The Rich and the Poor Peasant" e outras inúmeras variantes europeias — na classificação de Aarne-Thompson*. Veja-se também o conto número 182, classificação dos Irmãos Grimm**.

* Aarne-Thompson. Motif-index of folk-literature. A Classification of Narrative Elements in Folktales, Ballads, Myths, Fables, Mediaeval Romances Exempla, Fabliaux, Jest-Books and Local Legends. Bloomington, Indiana (EUA):

** GRIMM, Jacob e Wilhelm. Contos de Fada. Belo Horizonte: Itatiaia, 2000. Os irmãos Grimm recolheram e recontaram 211 contos de fada europeus.

II

O bicho feio arpoou uma traíra, limpou, temperou e assou na ponta de um pau. O cheiro rescendia pela floresta inteira. O Curupira foi se banhar no rio, enquanto o quitute esfriava um pouco. Passou por ali uma moça, viu o espeto, viu o peixe, tirou um naco e comeu. Hum! Está bom que dói! Tirou outro naco e consumiu. E, assim, de naco em naco, tirou todo o lombo, comeu tudo e se foi. O dono do assado demorou no banho, rebolou bem no chão, para se enxugar. Finalmente apareceu para retirar a traíra do espeto. Fez um barulhão medonho, quando deu por falta do petisco.

— Viram a minha taririnha por aí? — perguntou às arvores, aos pássaros, às folhas secas no chão, às formigas. Ninguém sabia. Então ele chamou pelo assado e o assado respondeu de dentro da barriga da moça. Curupira correu na direção dela. A moça saiu como um corisco, por ali afora. O monstro estava quase alcançando a comilona. Ela enveredou em direção a um barranco e pediu socorro ao sapo Cunauaru.

— Socorro, sapo, que esse Coisa quer me matar.

— Por quê?

— Ora! Eu comi o peixe que ele tinha assado.

— Só isso?

— Jogue uma corda pra mim, sapo! Ande logo, que aquele feioso me pega!

Juntaram-se muitos sapos, agarrados a uma corda, e puxaram a moça para cima. Nesse momento, chegou o Curupira afobado.

— Vocês não viram uma moça passar correndo por aqui?

E a saparia só dava essa:

— Quatro! Oito! Quatro! Oito! Quatro!

— Não são quatro moças. Foi só uma que comeu o meu assado.

— Quatro! Quatro! Quatro! Quatro!

O Curupira, zangado, foi embora batendo os cascos. A moça desceu do barranco, agradeceu e foi pra casa, contente. Então, o Curupira fez um juramento: que nunca mais havia de comer traíra, na vida dele.

Ele disse e cumpriu.

De outra feita em que teve fome, procurou e caçou um tatu. Limpou bem a caça, temperou, assou numa fogueirinha, à beira do rio. Entrementes foi catar gravetos, para alimentar o fogo. De longe, ele comandava:

— Vire do outro lado, meu assado.

O assado, no fogo, respondia, numa voz fininha:

— Senhor, sim, seu Curupira!

Ele empilhava mais um pouco de cavacos e comandava:

— Vá-se virando devagarzinho, meu assado.

— Sim, senhor, seu Curupira! — concordava o assado, chiando e se retorcendo, devagar, como fora mandado.

Um índio canoeiro passou por ali, pescando, sentiu o cheiro da caça frigindo no foguinho, escutou as ordens do Curupira e a resposta do tatu no espeto. Pulou da canoa, foi lá, viu que a carne estava no ponto, tirou um pedacinho e provou. Cotuba de boa. Ele tirou mais um pedaço. E depois tirou mais outro. E assim, de pedaço em pedaço, comeu tudo. O Curupira comandou, lá do mato:

— Dê mais uma viradinha, meu assado!

Ninguém respondeu.

— Mais um pouquinho, meu assado! Vire um bocadinho, pra não queimar.

Nada.

Ele então voltou correndo para a beira do rio. Do tatu só encontrou a casca e o esqueleto. Bufou de raiva e saiu gritando:

— Responde, meu assado! Onde está você?

Lá do meio do rio, de dentro da barriga do canoeiro, o assado respondeu:

— Ó eu aqui!

O Curupira frechou para o lado dele, mas o moço foi chispando pra casa da Irara, a Irarinha Papa-Mel.

— Irara, me esconda que o Curupira quer me comer!

— Ara, gente! Quer comer o quê! Você fez o quê pro Curupira?

— Comi o Tatu que ele assou.

Irarinha deu muita risada.

— Não ri não, que o negócio é sério — o moço reclamou. — Aquele um lá me mata.

Ela escondeu o moço embaixo da cama e voltou pra sala, onde ficou fazendo renda.

Nisso chegou o Curupira:

— Onde está ele?

— Que ele?

— O moço que comeu o meu Tatu e você escondeu.

— Eu não. Não escondi ninguém. E que escondesse, pra que você está querendo o rapaz?

— Pra assar e comer, no lugar do Tatu.

— Deixe disso, compadre! Largue mão de comer gente, que isso é capaz de lhe dar sarna. Vem comer mel comigo, que é melhor.

— Disso eu não gosto. Trate de dar conta do moço. Ele está aí, dentro da sua barriga grande.

— Não apalpe minha barriga! Aí só tem mel. Eu já disse que mel tem gosto melhor do que gente.

Como não conseguia nada com a Irara, o Curupira foi para a floresta e fez outro juramento: que nunca mais em sua vida havia de se alimentar de mel, só por causa daquela comadre traiçoeira.

O conto em que comparece a Irara Papa-Mel é uma espécie de indicador, um retrato do Curupira e de suas preferências. Conta-nos que ele não come peixe, nem mel, e por que não o faz. Conta-nos também que ele é carnívoro e antropófago; que é fácil ludibriá-lo. No seu relacionamento com o homem, força benigna da natureza, nem sempre leva a melhor. Em alguns casos afirma-se que o Curupira é mortal. Existem no conto elementos de uma narrativa africana — Pacuera-cuera, em que parte do animal, assado e comido, responde de dentro da barriga de um rapaz — que pode ser da parte das duas culturas selvagens uma contaminação europeia, ou ambas entre si.

Quando se fala em Curupira, logo se pensa numa entidade sobrenatural, com seus dentes verdes e seus pés virados, poderosa e cruel, una e indivisível, ubíqua, inflexível, a quem são devidos ritos propiciatórios, nem sempre eficazes. No entanto, na coleta de um dos contos nos foi informado que os currupiras — assim mesmo, comum e plural — têm sua morada nas sapopembas.

Sabe-se que sapopema ou sapopemba é cada uma das raízes que se desenvolvem juntamente com o tronco de certas árvores, e é também o conjunto extravagante desse emaranhado de raízes e troncos. É uma exorbitância da natureza, como o Curupira é uma exorbitância dos mitos.

III

Um caçador andou pela mata, atrás de um bicharedo ligeiro, caçou muito, botou a caça apanhada numa borjaca e depois dormiu regaladamente, encostado numa grande sapopemba. Quando acordou, levou o maior susto de sua vida. Adivinham quem estava pertinho dele? Pois o Curupira, nem mais nem menos. E o Coisa principiou a tagarelar:

— Como vai, meu neto?

— Muito bem, meu avô! — respondeu o caçador, tremendo de medo, e pensando em como se safar daquela enrascada. Tinha razão de ter medo, porque o Curupira é o dono da caça na floresta e não deixa que qualquer índio caçador vá entrando no mato e mandando flecha nos bichinhos que ele protege.

— O q'é q'ocê tá fazendo aqui no mato, meu neto?

— Acontece que eu me perdi, meu avô.

— Que dia você saiu de casa?

— Trasantonte, de minhã, bem cedinho.

— Você tem aí um decumê, meu neto?

— Nadinha.

— Mas eu quero comer.

— Eu também.

— Não brinque, que eu mato você. Corte a sua mão e me dê, que estou com muita fome.

— A minha mão? É pra já. Deixe eu pegar a minha quicé.

O caçador arreou a borjaca, pegou a quicé, cortou a mão de um macaco que tinha matado naquele dia mesmo, e deu ao Curupira. O Bicho-Verde pegou a mão do macaco e comeu que se lambeu.

— Agora está satisfeito, meu avô?

— Que nada! Estava muito gostosa, mas não deu nem para o buraco do dente. Que mãozinha você tem, tamanho homem! Com fome eu estava e com fome fiquei. Corte aí seu pé e passe pra cá, que eu quero comer.

— Espere um pouquinho sã, que estou afiando a minha faquinha.

O caçador cortou mais duas mãos do macaco e o Curupira, lept, mandou pra dentro do bucho aquele pitéu.

— Chega? — perguntou o homem, depois que o Curupira chupou todos os ossinhos da munheca do macaco.

— Dessa carne chega. Agora você me dá seu coração.

— Naturalmente que eu dou.

Cortou o coração do macaco e passou para o Bicho-Verde, que foi comendo tudo, esganadamente.

— Tem um fuminho bom aí? — pediu o Curupira, depois de tudo.

— Tenho — respondeu de mau modo o caçador. — Tenho fumo, tenho pito e tenho fogo. Pegue tudo e não me aborreça mais que já estou perdendo a paciência.

O Curupira tirou umas fumaçadas do pito, deitou-se ao lado da sapopemba e falou:

— Agora é a sua vez. Peça lá o que quiser, meu neto!

— Ah! Meu avô! Eu só quero o coração de mecê, seu Curupira, que eu vou comer assado. Estou com tamanha fome!

— Por isso não, me dê a sua faca!

O caçador, mais que depressa, passou a faca para o bicho. O Coisa abriu o peito, tirou o coração e morreu. O homem se danou numa correria, dentro do mato, que chegou em casa em três tempos.

— Ai! Ai! Ai!

— Que foi, homem? — perguntou a mulher dele, espantada.

— Matei o Curupira, agorinha mesmo — ele disse, dando risada, muita.

— E ele morreu mesmo? — perguntou a mulher meio temerosa.

— Mesmo.

— Bem feito!

O caçador continuou sua vidinha, perseguindo os bichinhos do mato, matando alguns pra comer, e até se esqueceu do Curupira. Passado um ano, lembrou-se.

— Ora, vejam! Como fui me esquecer do meu avô Curupira, que deixei morto lá no mato? A estas alturas, ele já está que é puro osso. Vou lá colher os seus dentes, pra remédio, e tirar alguns ossos pra bico de flecha.

Pegou o machado e foi.

Pra começar, o morto não estava nos ossos, mas inteirozinho, como no dia em que morreu. Quando o caçador lhe bateu nos dentes com o machado, sentou-se todo sorridente, com o que deu o maior susto no homem.

— Ah! meu neto! Você por aqui? Eu quero água. Estou com muita sede. Dormi e acordei com sede.

O caçador urinou no chapéu e o estendeu para o Curupira:

— Aqui está água para você, meu avô.

O Curupira bebeu e, em troca, desejou fazer-lhe um presente. Deu-lhe uma flecha mágica e um arco.

— Meu neto, pegue a arma, fleche para o cerrado sem destino, que a flecha vai e alcança a caça. Mas nunca atire em pássaro de bando.

— De jeito nenhum, meu avô.

Retomou o caçador a vidinha costumeira, e era uma beleza realmente, apenas soltar as flechas a esmo, e arrebanhar as presas, para o sustento da tribo. Os outros caçadores queriam sair com ele, mas o nosso homem preferia sair escoteiro, para voltar horas depois, sobrecarregado. E todos ficavam numa admiração só. Como esse homem arranja tanta caça, quando nós todos juntos, às vezes, não encontramos nem umazinha?

Mas todas as coisas neste mundo têm um fim. Sem se lembrar da recomendação do Curupira, que não atirasse em pássaros de bando, certo dia o caçador viu uma aracuã pousada numa árvore, mirou, e atirou a flecha mágica. Na mesma hora, o bando baixou e ele foi morto a bicadas.

A flecha desapareceu para todo o sempre. Nunca mais ninguém ouviu falar nele, nessa região, e nem no Curupira.

O Caipora, também chamado Curupira e, em algumas regiões, Caiçara, justificado pelas lendas ameríndias, é protetor da caça e guardião dos caminhos. Em maio de 1550, dizia o padre Anchieta que o Caiçara maltratava os índios nas brenhas, com chicotadas. Chegava até a matá-los, à força de maus-tratos. Os índios, para apaziguá-lo, deixavam para ele, nas clareiras, penas de pássaros, flores, redes, esteiras. Segundo Gonçalves Dias, Curupira é o espírito mau que habita as florestas. Descreve-o assim: "Veste as feições de um índio anão de estatura, com armas proporcionais ao seu tamanho". Governa os porcos do mato e anda com as varas deles, barulhando pela floresta.

O mesmo mito é encontrado em toda a América Espanhola. Conhecem-se exemplos no Paraguai, na Bolívia, na Venezuela.

Entre os chipaias, tribo guarani moderna, há a crença no Curupira como sendo um monstro antropófago, gigantesco, muito simplório, conforme relato de Artur Ramos[*].

Apesar de serem conhecidos o nome e o mito Curupira, no Vale do Paraíba, é mais encontradiço o nome Caipora, usado até para designar gente de cabeleira alvoroçada. Lá, é um caboclinho feio pra danar, anão, de pés virados para trás, peludo. Viaja montado num porco-espinho, com a cara virada do lado do rabo da montaria. Quem vai pelo mato adentro tem que se prevenir com fumo de rolo, para lhe oferecer.

Uma variação fonética mais recente foi recolhida no estado de São Paulo, e consta do reforço do primeiro r brando do nome, Currupira. Assim se diz em alguns pontos da Serra Quebra-Cangalha, nas alturas de Silveiras, e assim foi ouvido em Olímpia, cognominada a Capital do Folclore.

Outros animais mencionados nesse conto:

Traíra — *Erythrinus tareira Cuv*, comum no Rio Paraíba, quando esse rio era piscoso. Vive em igarapés, em lugares lodosos ou em locas de pedras. Comumente, mede dois palmos ou mais, da cabeça à ponta do rabo. Tem os dentes muito afiados. É chamado também tarira e taraíra, no Vale do Paraíba, e muito apreciado pelo sabor da carne muito branca.

Sapo — Réptil batráquio, de corpo membrudo e pele verrucosa, da família dos fugonídeos, alguns (*Bufo vulgaris*), e outros pipídeos. O sapo se distingue dos ranídeos, mas é confundido às

[*] Ramos, Arthur. Introdução à Antropologia Brasileira. Rio de Janeiro: Casa do Estudante, 1962.

vezes, como nessa história, com a rã Cunauaru, que habita o oco de velhos troncos de breu branco (*Protium heptaphyllum, Aubl.*). Acredita o povo que o sapo produz uma resina que, queimada, é boa para curar dor de cabeça. Sabe-se, entretanto, que a resina é própria do pau que a fêmea escolhe para morada e para depositar os ovos. O Sapo Cunauaru, conforme ensina Barbosa Rodrigues*, faz ninho no oco dos paus. Luís da Câmara Cascudo conta que a Rã Cunauaru mora em certos paus resinosos.

Tatu — Mamífero desdentado, defendido por uma couraça. Há várias espécies. Carne boa para alimentação. Os melhores, mais macios e brancos, são o peva e o galinha. Divide com o jabuti, nas lendas indígenas, a fama de ser um grande finório.

Irara — *Galictis barbara*; o próprio nome ira-ara, que quer dizer dona do mel, indica a espécie do seu alimento preferido.

Dizem alguns informantes da região do Vale do Paraíba que existem o Caipora macho e o Caipora fêmea; e dizem outros que se trata de bicho macho-fêmea, o que é sumamente pejorativo, além de lhe atribuírem crueldades, safadezas e fracassos.

Contou-nos um portador, do povoado do Embaú, Cachoeira Paulista, que:

Um amigo meu, certo dia, selou o animal e se mandou para Parati, no estado do Rio, seguindo o caminho mais curto: a Serra Nova. No alto da serra, foi detido por um bicho estranho, que não deu pra divulgar se era animal ou o quê. Estava todo coberto de cabelos, tão compridos que arrastavam no chão. Dele só

* Op. cit.

se viam os olhos vermelhos e o umbigo. O homem fez um rodeio, riscou a espora no cavalo e se mandou num galope lascado pela serra abaixo, em risco de cair e quebrar o pescoço. Quando reparou, a visagem que era, um Caipora fêmea estava do seu lado. Atordoado de medo, passou a mão no revólver, que estava guardado na sela, e atirou uma vez. O tiro pegou em cheio no peito da bruta, fez um rombo, e o sangue pegou a correr. Vai a Caipora apanhou umas ervas no mato, mascou, passou no buracão da bala, e o ferimento cicatrizou na hora. Tornou a atirar e aconteceu a mesma coisa.

— E como ele escapou? — perguntamos. — Se nem correndo, nem a tiro conseguiu nada?

— Sei lá! — contestou o narrador. — Nem ele sabe. O mais que fez, foi meio fora de si. Quando deu pela coisa, já estava entrando em Parati, e de Caipora nem o cheiro.

Conta-se que o Caipora fêmea ataca só homens, e o macho ataca só mulher.

Para finalizar as considerações em torno do Caapora-Caipora-Curupira-Currupira-Pai-do-Mato, mais uma história, desta vez em caipirês, em que se encontra uma denominação incomum. Jeremias Monteiro da Silva nasceu em 1899, viveu durante quase toda a vida do trabalho da enxada, nasceu e cresceu no morro do Selado, em Natividade da Serra, São Paulo, de onde nunca saiu. Branco, analfabeto, sadio, extrovertido.

A história:

IV

Um caçadô, de nome Chico Emídio, das Parmera, pros lado de Ubatuba, me contô: ele gostava munto de caçá. Já tinha uvido falá de um tar Capitão-do-Mato, ou Capitão--da-Mata, por essas banda. Mas, porém, que ele era home corajudo e ia caçá suzinhinho. Ele e Deus.

Um dia ele cismô de fazê uma caçada num lugá que tinha um brejo, e perto do brejo uma baita pedra. Ele escondeu atrais da pedra e ficô esperano cuá espingarda. De repente, começa a chegá os porco. Ele atirô num, atirô notro, tinha matado uns vinte ô trinta, quando viu, pertico, um home arto, mai arto demai, cos óio arregalado e vestido tudim de verde, parecia fôia de mato.

Té misturava cos mato.

Deu um ripio no Chico e ele não pudia saí do lugá. Logo se alembrô das história do pai-do-mato.

O homem oiô prele e preguntô:

"Pruquê ocê matô tudo esses porco? Cê num pode carregá tudo." Cara feia, meu Deus! A língua do Chico grudada no céu da boca. Num falava nem um a. O Capitão da Mata foi bateno uma parmada nos porco e falano: chuá! Porco! Chuá! O porco tornava a vivê e se alevantava.

"Deixô só um porco morto pro Chico, qui dispoi do susto num levô nem esse...

VII.
A COBRA-GRANDE

A filha da rainha Luzia

A Cobra-Grande ia se casar com a filha da rainha Luzia. Tinha mil olhos espalhados por dentro do corpo, por causa de devorar olhos de bichos selvagens, que tinham ido beber no lago verde em que vivia. Cobra-Grande era cobra-macho, grandona, cruel, correndo mundo. Mboi-Açu chamada, em língua de índio, também chamada Boiuna, porque negra como o pecado.

Consta que o mundo começou em águas. Em água toda a gente morava. Era bem nos começos. No brejão, o sol não penetrava, nem carecia. O fundo do lago era verde-claro, musguento, cheio de faíscas da luz que vinha de cima.

Por via do casamento, lá embaixo começou a aprontação. O derredor do palácio da rainha foi calçado com pedrinhas brancas, redondas de tanto rolar. Tudo foi lavado e esfregado, tudo ficou relumeando: a areia dourada, os camarões de casaca vermelha, o baratão cascudo, escurão, preto-piche, os sapos de lombo rajado. O véu de noiva da cachoeira sacudiu uns adejos de espuma no ar. E escachoava, numa canção sem tamanho, antiga, antiga. Tudo para o casamento da filha da rainha Luzia.

Sem mais nem menos, correu uma notícia estranha. A princesa não queria mais casar.

A Cobra-Grande piscou os mil olhos do avesso e se apagou. De Boiuna que era ficou ainda mais preta, carvão. Resfolegava, coleando abaixo e acima. Os peixes se enfurnaram nas locas, saparia calou a boca. A lagoa se tornou deserta. As águas se encolheram de medo. Nem a tempestade riscando barulhão no ar e mandando flechas de fogo pra baixo trouxe tanto pavor como o descontentamento da Cobra--Grande. Nisso, a cachoeira pegou a cantar sem-vergonha:

A filha da rainha Luzia sssssssssshiiiii!
não quer casar sssssssssshiiiiiiiiiiiiiiiiiiaaa!

até que a Boiuna desimpaciente deu nela um nó que fez as águas pararem no ar azul.

As untanhas perguntadeiras insistiam:

— Casa? Não casa? Por que não casa?

O sapo boi, em voz grave:

— Por que foi? Por que não foi?

Quando as serras reboaram com o vozeirão da Cobra--Grande, a noiva esclareceu tão docemente que mal se ouviu:

— Com este sol quente, tão claro, tão sem mistério... sem nenhum escurinhozim no mundo, como posso fazer dormezinho com o meu amor?

As faces da princesa ficaram cor-de-rosa, como o céu hoje de madrugada.

Aí todos repararam. Sombra nenhuma, em nenhum canto, nunca.

— É mesmo, gente! Esqueceram de providenciar a noite!...

E o bicharedo todo secundou:

— Neste mundo falta noite!

A Cobra-Grande amansou.

— Ah! É isso?! Tem nada, não, minha donzela!

Logo a floresta inteira ficou sabendo que iam buscar a noite, no fim do mundo, onde ela estava guardada. Foram. Dois índios, latagões, de peito largo. Na saída, a Cobra-Grande encomendou:

— Vão buscar um coco de tucumã, maduro. Vocês venham direto pra casa, não parem no caminho, não conversem com ninguém, nem entre si e não abram o coco. Ele tem que chegar aqui do jeito que sair de lá. Entendido?

Os dois índios retrucaram, com pouco caso:

— Ara!

Eles foram longe. Andaram mil léguas desenroladas na distância. E era longe. Subiram e desceram serra. Passaram e repassaram rio. E era longe por demais. E, com muito andar, chegaram.

Quem entregou a noite, não sei. Não me contaram. Os dois índios mensageiros se botaram na sua canoinha e vieram rio-abaixo, rio-abaixo, rio-abaixo, e nunca mais que chegavam. O coco de tucumã ficou no fundo da igara, bem fechadinho com breu. E era grande e escurão. Dentro dele cabia o quê? Segurando-o na mão, era leve. A casca não deixava ver coisa alguma lá dentro. Chegando-o ao ouvido, um rumor vinha dele. Que será isso?, eles se perguntavam, mergulhando os remos na água, tchá! tchá! tchá! E no coco aqueles rumores. Os índios não sabiam que tinham ido buscar a noite.

Cada um por sua vez agarrava o coco e o volteava nas mãos, pensativo. Que é isso? Está vivo? É gente? É bicho?

Ah! Era a noite e não sabiam.

Até que a curiosidade pôde mais. Eles derreteram o breu e abriram o coco. Na mesma hora, tudo escureceu. E tudo aquilo que fazia barulho dentro do fruto foi saindo do ninho úmido e frio. Saiu o vaga-lume, no arremate de um traço de luz. Saiu o pernilongo finfinfinfirifinfin. Saíram os sapinhos que passam a noite poetando e teimando, foi não foi, foi não foi. Saiu o grilo cricri. Saiu a onça com patas de lã. Saiu o corujão, de voo silencioso e de risada escarninha. E a suindara, cortando mortalha. Saiu o tristíssimo sem-fim. Patearam pela floresta a pantera, a pixuna, o caititu. As serpentes sibilaram, buscando as tocas. E tudo

quanto era bicho noturno, silvando, bramindo, urrando, zi-
nindo, miando, gritando, bufando, coaxando, povoou a
grande noite recém-criada.

Os dois mensageiros infiéis viraram macacos. O breu
que escorreu do coco deixou-lhes um traço negro na boca,
que nunca mais saiu.

Foi assim que apareceram no mundo os jurupixunas,
macacos de boca preta. O grande coco esvaziado encolheu, encolheu e virou esse coquinho tucum, que todos conhecem.

E o casamento?

Contaram os poetas que a filha da rainha Luzia fez
dormindinho no escuro.

Ainda o povo das águas (II) — a cobra

O que se chama cobra, popularmente, no Brasil, é qualquer serpente, nome comum a todos os répteis da ordem dos ofídios.

Talvez por ter o homem sofrido demasiadamente com esse réptil, o mito da cobra é extenso, variado, subdividido, constante, contraditório, aceito, conhecido, folclorizado no mundo inteiro e em nosso país especialmente, plurinominado, lunar e aquático.

O Norte e o Meio-Norte oferecem mitos d'água maiores e mais apavorantes. A Cobra-Grande, Mboy-Guaçu, serpente antropófaga e carnívora, por exemplo. Dentro dela veem-se, por transparência, os olhos de todas as vítimas que devorou no decorrer da vida, olhos esses tornados vivos e fosforescentes.

Ela se alimenta de olhos, em principal na época das grandes enchentes temerosas, quando as criaturas terráqueas, sem orientação, são arrastadas pelas enxurradas. Tais olhos não são digeridos. Apresentam à noite uma luminosidade singular. O mito pertence à cosmogonia tupi. Entrelaça-se com a Cobra Norato, aproveitada na poesia brasiliana do gaúcho Raul Bopp.

É igualmente Boiuna, Cobra-Preta, pertencente à lenda do aparecimento da noite.

Relacionado às cobras, aparece o Boitatá, Batatá e Batatão, os dois últimos nomes citados e colhidos pelo tieteense Cornélio Pires.

O Rio Paraíba do Sul, no Vale do Paraíba, tem o Caboclo D'Água, que aparece em forma de cobra e atrai as moças para o fundo do rio (podemos lembrar aí a lenda amazônica do boto, que se transforma em moço e vem para a terra, em noites de festa, atraindo as moças mais bonitas para se deitar com elas). Também na mesma região do Vale do Paraíba, ainda temos a Iara, Yara, ou Uiara, rainha ou mãe das águas, perdição dos pescadores. Faz sincretismo com o mito negro Iemanjá e é hoje figura das mais respeitadas nas religiões espiritistas de terreiro.

O povo d'água exerce indizível atração sobre o selvagem brasileiro, pelo que se vê de sua mitologia; e sobre o primitivo atual, pelo que se conhece do seu folclore.

Como nasceu a noite

A noite estava adormecida no fundo das águas, porque de primeiro não havia noite. Foi quando a filha da Cobra-Grande quis se casar. Vem comigo, disse o noivo. A noiva respondeu: Ainda não é noite. Se não há noite, por que esperar por ela? Aí a filha da Cobra-Grande ensinou: A noite está em casa do meu pai, no fundo do grande rio. Mande alguém lá. O moço chamou três dos seus índios e comandou:

Vão buscar a noite! Onde? Perguntem à minha noiva. O pai dela é feiticeiro e tem poder sobre as coisas.

A casa da Cobra-Grande era numa lonjura de não ter fim. Os homens foram subindo rios e mais rios, até que chegaram. Receberam um coco de tucumã, fechado com breu e o feiticeiro recomendou:

— Levem para a minha filha este caroço de tucumã, fechadinho do jeito que está. Aconteça o que acontecer, não abram esse caroço, senão todas as coisas se perderão.

Voltaram os moços canoeiros sobre as águas. Enquanto os remos mergulhavam, repetindo o marulho a cada remada, dentro do coco havia um rumor contínuo, variado, que era a fala de todos os bichos da noite. Quando já estavam bem longe, um deles disse aos outros:

— Vamos ver que barulho é esse, dentro do coquinho?

— Eu não. As coisas se perderão, você ouviu o que recomendou a Cobra-Grande.

— Besteira! Quem vai saber que abrimos o coco? Aqui nesta distância não se vê ninguém.

O que primeiro falou acendeu um foguinho, secundado pelos outros dois, derreteu o breu que fechava o coco e então, de repente, fuuuuuuu! todas as coisas escaparam de dentro do coco, espalharam-se pelo mundo e desceu um escurão feio sobre a terra.

Um canoeiro disse:

— Estamos perdidos. Com essa escureza, vão saber que soltamos a noite.

Enquanto eles se lamentavam, a moça disse ao noivo:

— Eles soltaram a noite. Vamos esperar a madrugada.

Pedras, folhas caídas, frutos secos que estavam espalhados pelo mato, se transformaram em animais e pássaros. O que estava nas águas se transformou em peixes e marrequinhos, caranguejos, baratões, irerês, paturis.

A filha da Cobra-Grande, quando viu a estrela d'Alva, disse:

— Vem vindo a madrugada. Vou separar o dia da noite.

Enrolou um fio e fez o cajubim. Pintou a cabeça dele com tabatinga, ela ficou branquinha, pintou as pernas de urucu vermelho e ordenou:

— Você cantará para todo o sempre, quando o dia vier raiando.

Tornou a enrolar um pedaço de fio, sacudiu cinza em riba dele e comandou:

— Você será inhambu, para cantar os tempos da noite e da alvorada.

Quando os três índios chegaram, a moça ralhou:

— Vocês abriram o caroço de tucumã, soltaram a noite e todas as coisas se perderam. Vocês também estão perdidos como gente.

Ela os transformou em macacos e os condenou a andarem guinchando e pulando de galho em galho, para sempre. Assim nasceram os macacos que têm a boca preta e uma risca amarela no braço, do breu quente que escorreu do coco de tucumã.

Nota-se que esta lenda apresenta numerosas convergências. Primeiro a cosmogonia tupi, que, como em todos os povos do mundo, procura explicar a origem das coisas. Coincidentemente ou não, chega a uma gênese da perda do Éden, por causa da desobediência. No caso, o castigo dos portadores do coco do tucumã, que se transformaram em macacos. Por outro lado, é um conto etiológico, eis que dá a origem do cajubim e do inhambu e o motivo de cantarem de madrugada. Conta igualmente porque os macacos jurupixunas têm a boca preta e uma risca amarela nos braços.

Recolheram-na: Sílvio Romero, em *Contos Populares do Brasil*, Couto de Magalhães, na obra citada, e Herbert Baldus, em *Lendas dos Índios do Brasil*.

Tucumã, onde a noite se escondia, é o fruto de várias espécies de palmeiras: *Astrocarpus tucuma*, *Bacteris setosa*, *Acrocromis officinalis*. Do coquinho se faz um saboroso vinho.

Cajubi ou cajubim, *Pipile cujubi*, é uma ave galinácea, da família das cracídeas. Dela nos dá notícia Gastão Cruls*. Conforme descrição de Rodolpho Van Ihering**, tem a cabeça e o peito brancos. Parece-se com a jacutinga, ave conhecida no sul do país, enquanto o cajubim, cujubi ou cujubim, pertence à fauna do Amazonas inferior. A jacutinga pertence ao mesmo gênero do cajubi, tendo a cabeça mais escura.

Inambu, nhambu, inhambu, inamu, nambu, inhapupé, poranga e tinamu são todos os nomes pelos quais são conhecidas as aves

---

** Van Ihering, Rodolpho. Dicionário dos Animais do Brasil. Brasília: Universidade de Brasília, 1968.

tinamídeas, do gênero Crypturellus. No Vale do Paraíba são conhecidos especialmente o nhambu xintã e o nhambu xororó.

Insistindo:

Couto de Magalhães, Herbert Baldus e outros pesquisadores da mitologia indígena estão aí para provar que este raconto pertence ao acervo das tribos. Algumas versões foram recolhidas em dialeto tupi. Que se trata, pois, de um mito cósmico dos indígenas não há dúvida. A pergunta é: pertence aos indígenas desde quando?

Como informa Sílvio Romero, um relato muito parecido com esse é conhecido na Nova Zelândia.

Não nos importa determinar se se trata de um raconto de criação espontânea dos nossos selvagens ou se houve contaminação por parte de povos que sucessivamente penetraram as selvas brasileiras.

De 1922 para cá, com o advento do Modernismo, veio o namoro dos poetas com os costumes tribais. O brasileirismo tomou como endereço as tabas autênticas. Os indígenas passaram a frequentar como donos da casa, que realmente são, a nossa literatura. E então, por meio de coletas, tivemos notícia dos mais belos contos brasilianos.

Repetindo a história da Cobra-Grande, Raul Bopp, o gaúcho enamorado da Amazônia, cantou em "Cobra Norato":

Ai, compadre,
não faça barulho,
que a filha da rainha Luzia
talvez ainda esteja dormindo.

Ai, onde andará

que eu quero somente
ver os seus olhos molhados de verde,
seu corpo alongado de canarana.

Talvez ande longe...

Eu virei viramundo,
para ter um querzinho
da filha da rainha Luzia.

Ai, não faça barulho!

A história que Cassiano Ricardo (outro modernista) conta é um pouco diferente. Nela a Cobra-Grande desempenha um inusitado papel de Cupido:

De primeiro, no mundo, era só dia,
noite não havia.
Mas, dentro de um rio fundo, morava a mulher mais bonita do mundo, de cabelo mais verde do que o mato. Chamava-se Uiara. Um bugre, caçador de jaguar, ficou louco de amor e pediu para casar com ela. A Uiara condicionou: "Vá buscar a noite, se houver. Se não eu não serei sua mulher". E ele foi. E não achou.

Porque de primeiro noite não havia
era só dia.

Então, ele encontrou a Cobra-Grande, que disse: Eu tenho a noite. Deu-lhe um coco, para ser aberto apenas em presença do amor ou da morte. No caminho, ouvindo o rumor das coisas noturnas, o índio não resistiu à curiosidade e abriu o fruto. Coisas extraordinárias aconteceram. Houve completa escuridão. A manhã que despontou depois de algumas horas matou o índio curioso espetado numa flecha de sol.

A índia, quando soube do amado,

chorou tanto,
que as gotas do seu pranto
se tornaram estrelas...
E algumas lágrimas que caíram pelos campos
viraram pirilampos.

Bibliografia

AARNE, Antii, THOMPSON, Stith. Motif-index of folk-literature. A Classification of Narrative Elements in Folktales, Ballads, Myths, Fables, Mediaeval Romances Exempla, Fabliaux, Jest--Books and Local Legends. Bloomington, Indiana (EUA): Indiana University Press, 1955.

AFANASIEV — Contos. Textos coordenados por A. Della Nina. São Paulo: Editora das Américas, s/d.

AMBRÓSIO JR., Manoel. No Meu Rio Tem Mãe D'Água — Folclore do Vale do São Francisco. Belo Horizonte: Imprensa Oficial, 1987.

ANDRADE, Mário. O turista aprendiz. São Paulo: Livraria Duas Cidades, 1976.

ARINOS, Afonso. Lendas e tradições brasileiras. Rio de Janeiro: Typografia Levi, 1917.

BALDUS, Herbert. Lendas dos Índios do Brasil (História da Cultura, Origem e Evolução). 2ª edição. São Paulo: Companhia Melhoramentos, 1962

BARBOSA RODRIGUES, J. Exploração do Rio Yamundá. Rio de Janeiro: Nacional, 1875.

BOPP, Raul. Cobra Norato e Outros Poemas. 6ª edição. Rio de Janeiro: Editora São José, 1956.

CASCUDO, Luís da Câmara. Civilização e Cultura. Rio de Janeiro: Livraria José Olímpio Editora — INL/MEC, 1973.

CEZIMBRA JACQUES, João. Assuntos Do Rio Grande Do Sul. Porto Alegre: ERUS, 1979.

COUTO DE MAGALHÃES, A. Ensaio sobre a fauna brasileira. Rio de Janeiro: Diretoria de Publicidade Agric, 1939.

"Cozinheiro Nacional ou Collecção das melhores receitas das cozinhas brasileira e européas". Rio de Janeiro: Livraria Garnier, s/d. Disponível na internet, neste endereço: <https://ssmfoto.files.wordpress.com/2013/09/060057_completo.pdf>.

CRULS, Gastão. Amazônia misteriosa. São Paulo: Saraiva, 1957.

GRIMM, Jacob e Wilhelm. Contos de Fada. Belo Horizonte: Itatiaia, 2000.

LENKO, Karol e PAPAVERO, Nelson. Insetos no folclore. São Paulo: Editora do Conselho Estadual de Artes, 1979.

MARTIUS, Carlos Friedrich Philippi von. Natureza, Doenças, Medicina e Remédios dos Índios do Brasil. São Paulo: Companhia Editora Nacional, 1939.

MÉTRAUX, Alfred. La religion des tupinambás. Paris: Librarie Orientale et Américaine, 1928.

MORAIS FILHO, Melo. Festas e Tradições Populares do Brasil. 3ª edição. Rio de Janeiro: Editora F. Briguet, 1946.

PINTO, Roquete. Rondônia. São Paulo: Companhia Editora Nacional, Coleção Brasiliana, 1935.

POMPA, Cristina. "O mito do Mito da Terra sem Mal: a literatura 'clássica' sobre o profetismo tupi-guarani". In Revista de Ciências Sociais, Fortaleza, 1998, vol. XXIX, nos 1 e 2, pp. 44-72.

PROENÇA, M. Cavalcanti. José de Alencar na Literatura Brasileira. Rio de Janeiro: Editora Civilização Brasileira, 1966.

RAMOS, Arthur. Introdução à Antropologia Brasileira. Rio de Janeiro: Casa do Estudante, 1962.

ROMERO, Sílvio. Contos Populares Brasileiros. Rio de Janeiro: Livraria Editora José Olímpio, 1952.

SERENO, Eugênia. Pássaro da Escuridão. Rio de Janeiro: Nova Fronteira, 1984.

VAN IHERING, Rodolpho. Dicionário dos Animais do Brasil. Brasília: Universidade de Brasília, 1968.

CAMPANHA

Há um grande número de portadores do vírus
HIV e de hepatite que não se trata. Gratuito
e sigiloso, fazer o teste de HIV e hepatite
é mais rápido do que ler um livro.
FAÇA O TESTE. NÃO FIQUE NA DÚVIDA!

ESTA OBRA FOI IMPRESSA
EM SETEMBRO DE 2020